LES CHATS MOTS

DU MÊME AUTEUR

L'Admiroir
roman
Seuil, 1976
et « Points », n°P438

Le Nez de Mazarin
roman
Seuil, 1986
et « Points », n° P86

Le Voile noir
Seuil, 1992
et « Points », n° P146

Je vous écris...
Seuil, 1993
et « Points », n° P147

Lucien Legras, photographe inconnu
présentation de Patricia Legras
et Anny Duperey
Seuil, 1993

Les Chats de hasard
Seuil, 1999
et « Points », n°P853

Allons voir plus loin, veux-tu ?
Seuil, 2002
et « Points », n°P1136

Anny Duperey

LES CHATS MOTS

TEXTES CHOISIS

Illustrations de Sonja Knapp

Éditions Ramsay

TEXTE INTÉGRAL

ISBN 2-02-066202-7
(ISBN 2-84114-679-0, 1re publication)

www.seuil.com

Sommaire

Les chats ont
un petit côté chameau.

René Chartrand.

Préface de l'éditeur

Nous avons proposé à Anny Duperey de préfacer un album consacré aux chats, un ouvrage que nous souhaitions sobre dans sa forme, élégant dans le texte appuyé par le choix iconographique – ainsi que la romancière et comédienne l'apprécierait –, et pour autant capable de plaire au large public passionné par le sujet.

Nous connaissions l'intérêt affectueux que porte Anny Duperey à ces silencieux hôtes de nos maisons, nous l'avions lu dans ses romans. De fait, elle est de ceux qui sacrifient parfois, avec un sourire indulgent, à leur capricieuse indolence, peut-être parce qu'elle sait de quels surprenants attachements ils sont capables.

Ainsi que la plupart de leurs maîtres, vassaux selon les heures, sans en être dupe, elle aime à considérer dans le regard des chats un miroir offert à notre humanité.

C'est pourquoi, insensiblement, avec elle, le projet s'est modifié. La femme de lettres s'est prise au jeu, elle a voulu trouver des textes pour appuyer ses impressions. Ainsi, elle en a finalement collationné une telle abondance que, pour tirer parti de ce travail, le genre de l'anthologie s'est imposé.

Parallèlement, elle a découvert les noirs coups de pinceau et les vides qui figurent les chats de Sonja Knapp, elle les a trouvés admirablement adaptés aux pages ouvertes par le choix des citations.

Ainsi est né ce recueil de morceaux choisis, dont Anny Duperey est parfois l'auteur.

Anny Duperey est comédienne de théâtre et de cinéma. Elle est également l'auteur de romans aux éditions du Seuil, notamment de Les Chats de hasard *(1999) et* Allons voir plus loin, veux-tu ? *(2002).*

Préface d'Anny Duperey

« J'ai pour les chats un amour raisonnable »…

C'est par cette phrase que je commençai, voilà quelques années, un récit à propos des chats, ou plutôt des rapports que nous, humains, entretenons avec eux. Contredisant cette affirmation, nombre de lecteurs, ensuite, m'écrivirent : « Ah ! Vous aussi vous êtes folle des chats ! » Non, je ne suis pas folle des chats, je pense que je les aime comme ils sont et que leur manière d'être me convient.

Mais c'est cette réputation, sans doute – on n'y peut pas grand-chose, les autres la font, et elle va son chemin –, qui poussa les Éditions Ramsay à me demander de sélectionner un certain nombre de textes à propos des chats, en vue de créer une nouvelle anthologie.

D'abord circonspecte, je me suis prise au jeu, il est vrai, en découvrant des pages, des auteurs que je ne connaissais pas. Que n'a-t-on pas dit sur le chat ! Tour à tour admiré, haï ; adulé à l'égal d'un dieu ou honni comme un suppôt du diable, comparé aux femmes, il fut au cours des siècles obstinément chargé par les hommes de tous leurs phantasmes, affublé de tous les mystères. Pourquoi un tel acharnement envers cet animal, au point qu'il l'a souvent, et cruellement à certaines époques, payé de sa vie ?

Il m'apparut, à la lecture de ces textes, que les auteurs,

en exposant leur fascination, leur répulsion ou leur méfiance, parlaient fort peu du chat, mais en disaient beaucoup sur eux-mêmes à travers lui.

Que dire d'un Buffon, lorsqu'il se laisse aller à écrire: « Quoi que ces animaux, surtout lorsqu'ils sont jeunes, aient de la gentillesse, ils ont en même temps une malice innée, un caractère faux, un naturel pervers, que l'âge augmente encore et l'éducation ne fait que masquer. De voleurs déterminés ils deviennent, lorsqu'ils sont bien élevés, souples et flatteurs comme des fripons; ils ont la même adresse, la même subtilité, le même goût pour faire le mal, le même penchant à la petite rapine; comme eux ils savent couvrir leur marche, dissimuler leur dessein, épier les occasions, choisir l'instant de faire leur coup, de se dérober ensuite au châtiment… »

En lisant cette diatribe, n'eût-on pu craindre, à l'époque, pour la santé mentale de ce monsieur réputé par ailleurs si sérieux? D'autres auteurs au contraire, séduits par le chat, chanteront ses « yeux d'agate », son « pelage de soie », « l'or de son regard », sa « sagesse millénaire »… Combien de fascinantes interprétations, de délires imaginatifs autour de cette pauvre bête, volontiers calme et sereine, peu agressive, souvent tendre, et qui demande avant tout… qu'on lui foute la paix!

Au fond, l'homme ne serait-il pas jaloux, envieux de la nonchalance du chat, de sa tranquille assurance dans l'immobilité ou le mouvement, de son aisance à vivre dans le silence? Si la meilleure des choses que nous ayons à apprendre de cet animal – cette chose si rare et si précieuse qui nous échappe obstinément à nous humains – était le SIMPLE PLAISIR D'ÊTRE?

C'est ce qui m'a immédiatement enthousiasmée dans les dessins et peintures de Sonja Knapp: j'ai rarement vu croqué avec autant de talent le chat dans sa réalité, sans interprétation, avec respect et amitié pour ce qu'il est. Cette honnêteté vis-à-vis de l'animal m'a semblé un contrepoint parfait aux mots de tous ces auteurs qui ont cherché, quelquefois désespérément, à définir le chat. Je vous laisse au plaisir de les lire, de les découvrir ou de les redécouvrir – bonne occasion, pour ce faire, de se lover paisiblement dans un canapé, comme un chat !

Et puisqu'il s'agit de plaisir, je ne résiste pas, moi – quitte à paraître présomptueuse –, à ouvrir ces pages avec un portrait des « gens qui aiment les chats » que je fis, et que je ne renie pas…

Les gens qui aiment les chats évitent les rapports de force. Ils répugnent à donner des ordres et craignent ceux qui élèvent la voix, qui osent faire des scandales. Ils rêvent d'un monde tranquille et doux où tous vivraient harmonieusement ensemble. Ils voudraient être ce qu'ils sont sans que personne ne leur reproche rien.

Les gens qui aiment les chats sont habiles à fuir les conflits et se défendent fort mal quand on les agresse. Ils préfèrent se taire, quitte à paraître lâches. Ils ont tendance au repli sur soi, à la dévotion. Ils sont fidèles à des rêves d'enfant qu'ils n'osent dire à personne. Ils n'ont pas du tout peur du silence. Ils ne s'arrangent pas trop mal avec le temps qui passe, leur songe intérieur estompe les repères, arrondit les angles des années.

Les gens qui aiment les chats adorent cette indépendance qu'ils ont, car cela garantit leur propre liberté. Ils ne supportent pas les entraves ni pour eux-mêmes ni pour les autres. Ils ont cet orgueil de vouloir être choisis chaque jour par ceux qui les aiment et qui pourraient partir librement, sans porte fermée, sans laisse, sans marchandage. Et rêvent bien sûr que l'amour aille de soi, sans effort, et qu'on ne les quitte jamais. Ils ne veulent pas obtenir les choses par force et voudraient que tout soit donné.

Les gens qui aiment les chats, avec infiniment de respect et de tendresse, auraient envie d'être aimés de la même manière – qu'on les trouve beaux et doux, toujours, qu'on les caresse souvent, qu'on les prenne tels qu'il sont, avec leur paresse, leur égoïsme, et que leur présence soit un cadeau.

Dans le doute de pouvoir obtenir pour eux-mêmes un tel amour, ils le donnent aux chats. Ainsi cela existe. Ça console.

Les gens qui aiment les chats font une confiance parfois excessive à l'intuition. L'instinct prime la réflexion. Ils sont portés vers l'irrationnel, les sciences occultes. Ils mettent au-dessus de tout l'individu et ses dons personnels et sont assez peu enclins à la politique. Les tendances générales, les grands courants, les mouvements d'opinion, les embrasements de foule les laissent aussi circonspects que leur animal devant un plat douteux. Et si leur conviction les pousse à s'engager, une part d'eux-mêmes reste toujours observatrice, prête au repli dans son territoire intime et idéaliste, toujours à la frange, comme leurs compagnons, d'un pacte avec la société et d'un retour vers une vie sauvage dans l'imaginaire.

Les gens qui aiment les chats sont souvent frileux. Ils ont grand besoin d'être consolés. De tout. Ils font semblant d'être adultes et gardent secrètement une envie de ne pas grandir. Ils préservent jalousement leur enfance et s'y réfugient en secret derrière leurs paupières mi-closes, un chat sur les genoux.

« À quoi penses-tu ?
– À rien…
– Tu ne dis rien. Tu es triste ?
– Oh, non !
– Tu es fatigué ?
– Non, je rêve, c'est tout. »

Enfin, j'ai cru remarquer que les gens qui aiment les chats étaient souvent ainsi…

J'aime les chats.

ANNY DUPEREY, *Les Chats de hasard.*

Feulements & Fourrures

Le chat est un dilettante
en fourrure.

THÉOPHILE GAUTIER.

Un dos arqué caresse mes jambes, s'en va, revient, me recaresse… Un ronron mijote au ras de terre, et c'est Péronnelle, grasse et rayée, qui vient me faire son salut du soir… Sous son vêtement d'été, dans le crépuscule, elle semble transparente et palpable, comme une crevette grise dans l'eau marine.

COLETTE, *La Retraite sentimentale.*

De tous les animaux, les chats,
les mouches et les femmes
sont ceux qui perdent le moins
de temps à leur toilette.

JEAN COCTEAU.

Adrienne trouve un chaton braillard
dans la remise des voisins.

Elle ouvrit une boîte de sardines et fut stupéfaite de voir un aussi petit corps engloutir une, puis deux, puis trois, puis quatre sardines, avec une satisfaction frisant l'extase. Toutes les sardines avalées et la seconde boîte consciencieusement léchée, le chaton se débarbouilla. Avec infiniment de sérieux, usant de ses patoches comme des gants de toilette, frottant avec énergie, prenant des poses pas possibles pour atteindre des régions apparemment inaccessibles de son corps mignard. Un vrai travail, cette toilette d'après-manger. Une fois propre et net, il fit le tour de la cuisine, explorant bien jusqu'au moindre recoin et avisant les pantoufles d'Adrienne dans un placard ouvert, il choisit celle qui lui parut la plus douillette et se glissa dedans pour y faire un somme.

Et Adrienne s'assit sur sa chaise et le regarda. Il dormait, rien de plus.

Et Adrienne le regarda et l'écouta aussi. Car bientôt, il se mit à ronronner.

Et Adrienne fut contente.

REMO FORLANI, *Pour l'amour de Finette.*

Julien Dubois s'éveilla longtemps avant l'aube. Il demeura un moment immobile, les yeux grands ouverts dans l'obscurité, puis il se souleva sur ses coudes. Au pied du lit, la chatte s'étira. Il entendit le bruit de ses griffes sur la couverture.

« Moune, souffla-t-il, viens… Viens, ma Moune. »

Elle se léchait. Il l'appela encore. Elle s'approcha lentement et vint s'asseoir sur le ventre de Julien. Il la caressa et, aussitôt, elle se mit à ronronner. Il sentait la vibration, il entendait aussi ce ronron régulier qui était le seul bruit de la pièce. […] En se recouchant, Julien avait dérangé la chatte. Elle avait sauté du lit et devait faire le tour de la pièce. Il l'entendit monter sur le fauteuil qui avait un pied plus court que les autres. Elle ne resta là qu'un instant avant de grimper sur le bord de la fenêtre secouer les persiennes…

« Tu veux sortir, hein ? Tu t'en fous que je m'en aille, murmura-t-il. Allons va. Va courir. »

BERNARD CLAVEL, *La Maison des autres.*

Il venait de prendre la pose la plus abandonnée, tour à tour allongeant les griffes et les amenant dans leur fourreau de velours, fermant les yeux et les entrouvrant d'un air de béatitude, entonnant ce murmure particulier que notre langue ne sait nommer qu'en l'imitant assez mal, et qui semble montrer que le repos parfait du corps, de l'esprit et du cœur peut conduire à l'état le plus doux et le plus désirable.

Le Roman de Renart.

Le voilà tendre, câlin, bavard. Sa vie n'est qu'un petit lait qu'il boit goulûment. Il s'allonge contre l'aisselle d'un bras, moite et chaude, comme l'était le ventre de sa mère. Ses pattes pétrissent un bout d'oreiller. Grave et concentré, presque buté, il fait une tête de pianiste de concert. Un même motif musical le berce, la tessiture de sa vie : il ronronne. [...]

Le son n'est pas pur. Il contient plusieurs bruits qui se ressentent plus qu'ils ne s'écoutent, et annoncent un départ ou un changement d'état : le tumulte d'une eau frémissante, le halètement d'un vaporetto sur un canal vénitien, un ralenti de moteur bien huilé, le grondement d'un sol qui tremble, le souffle d'un vent qui se lève et froisse les feuillages. Il renferme même du silence, une pause d'été, rythmée de chutes de pétales et de vols de bourdons. Bien qu'il filtre d'une bouche close, le ronronnement s'étend à l'infini, dans l'air où il se vaporise, sur le sol, contre la peau qu'il couvre d'une lave tiède, et au fil de l'eau. À son contact, un lac frémirait, couvant à petits bouillons, tant ce bruit réchauffe.

Le chat ronronne pour la première fois de sa vie quand il tète. La béatitude est immense. Sa mère lui répond ; deux paix confiantes et ensommeillées se font écho. Plus tard, face à l'homme, le chat retrouvera le goût de ces bruyantes tétées à travers une caresse ou une cajolerie. Mais le ronronnement n'est pas taillé à la seule mesure du bonheur. Il accompagne une forte fièvre, une blessure douloureuse, une grande peur ou même une agonie. Devant un être en colère ou un congénère qui lui en impose, le chat ronronne. Il se soumet ; son murmure est un drapeau blanc. Il avoue sa faiblesse, appelle à l'aide, demande une consolation. Du chaton qui tète au chat qui souffre, la même note demeure. En ronronnant, le chat se livre corps et âme.

JEAN-LOUIS HUE, *Le Chat dans tous ses états.*

À la chatte grise qui sans rien dire à personne
S'est trouvée un jour pleine la très douce outre duveteuse
Puis après soixante jours a mis bas en ronronnant
Deux tigrés et deux noir et blanc
Qui se collent à ses tétines roses
Et boivent en fermant les yeux et pétrissant ses poils
La source de toute vie qui nourrit toutes les bouches
Je demande protection…

CLAUDE ROY, *À la lisière du temps.*

Le Chat

I

Dans ma cervelle se promène,
Ainsi qu'en son appartement,
Un beau chat, fort, doux et charmant,
Quand il miaule, on l'entend à peine,

Tant son timbre est tendre et discret ;
Mais que sa voix s'apaise ou gronde,
Elle est toujours riche et profonde.
C'est là son charme et son secret.
[…]
Non, il n'est pas d'archet qui morde
Sur mon cœur, parfait instrument,
Et fasse plus royalement
Chanter sa plus vibrante corde,

Que ta voix, chat mystérieux,
Chat séraphique, chat étrange,
En qui tout est, comme en un ange,
Aussi subtil qu'harmonieux !

II

De sa fourrure blonde et brune
Sort un parfum si doux, qu'un soir
J'en fus embaumé, pour l'avoir
Caressée une fois, rien qu'une.

C'est l'esprit familier du lieu ;
Il juge, il préside, il inspire
Toutes choses dans son empire ;
Peut-être est-il fée, est-il dieu ?

Quand mes yeux, vers ce chat que j'aime
Tirés comme par un aimant,
Se retournent docilement
Et que je regarde en moi-même,

Je vois avec étonnement
Le feu de ses prunelles pâles,
Clairs fanaux, vivantes opales,
Qui me contemplent fixement.

CHARLES BAUDELAIRE, *Les Fleurs du Mal,*
« Spleen et Idéal », LI.

Il s'étend et s'abandonne en commençant le ronron amical, devenu comme une petite chose molle et toute en velours, que je puis pétrir à mon gré entre mes doigts. Petite chose toute en velours, petit être à peine né, petite combinaison d'atomes qui, il y a six mois sans doute, n'était ni formée ni seulement prévue, mais flottait dans le néant d'avant la naissance, néant plus absolu et plus mystérieux que celui d'après la mort.

PIERRE LOTI, *Reflets sur la sombre route.*

Péronnelle porte une robe d'un gris modeste mais de l'étoffe la plus soyeuse, un velours qui fond dans la main et s'argente au soleil. Rien de rasta, rien de ces Portugaises bariolées comme des perroquets.

Deux colliers noirs au cou, trois bracelets aux pattes de devant, la queue musclée et le menton distingué, avec des yeux d'un vert royal qui vous regardent droit, insolents, caressants, relevés aux coins, soulignés de khôl, Péronnelle irritée ne céderait pas devant Dieu le Père, pas même devant moi. Elle ronronne, lèche, mord et tape, et toute la maison marche comme un seul homme.

Turbulente comme un chien, Péronnelle emplit Casamène de roucoulements de colombe et de cris flûtés. À l'heure des lampes, elle exulte, déchire des journaux, vole des pelotons, chausse d'invisibles sabots et mène un galop de poulain qui la lance au milieu de la table, où elle devient un amical petit bélier qui nous pousse le menton de son front vigoureux, râpe la joue avec une langue en brosse à dents et se sert de ma tête comme d'une passerelle pour sauter sur la cheminée.

COLETTE, *La Retraite sentimentale.*

Ce qui est merveilleux avec un chat, c'est qu'il n'y a rien à faire quand il vient à vous, qu'à le regarder. Il fait tous les pas. Il est même recommandé de le laisser approcher sans amorcer le moindre geste vers lui. Nombre de gens ne peuvent s'empêcher de tendre les mains trop tôt, de chercher à attraper le petit animal, qui n'a pas eu le temps d'acquérir un minimum de confiance et qui, du coup, fait machine arrière et va se réfugier dans les coins – vers quel monstre tentaculaire sa curiosité l'a-t-elle poussé ?

La meilleure « accroche » que l'on puisse avoir lors d'une rencontre avec un chat, à condition bien sûr qu'il ait le premier manifesté de l'intérêt envers vous, c'est le regard. Il est bien rare qu'un chat s'aventure à venir vers quelqu'un s'il n'y a pas eu au préalable un échange de regards assez long. Ensuite, c'est la voix. Ça parle beaucoup, un chat. Plus ou moins suivant les races et les individus, et pour peu qu'on soit attentif et qu'on ait le goût de s'entraîner au sens du miaulement, on discerne vite ce qui est de l'ordre de la question, du simple mot doux, de la réclamation ou du mécontentement, et on peut avoir avec lui de véritables conversations. Il n'est pas vraiment nécessaire de miauler soi-même pour cela, car de son côté il comprend assez rapidement quelques mots et surtout les sens des intonations si l'on prend la peine de les exprimer assez clairement, comme on le fait pour se faire comprendre d'un jeune enfant. [...]

Lors d'une rencontre avec un chat, après l'échange des regards et de la voix, intervient l'odorat. Il vient vous sentir et, si vous n'avez pas bougé, il ira jusqu'à grimper sur vous pour vous renifler plus commodément, et ce qu'il sent doit lui plaire. Beaucoup de rencontres tournent court à ce moment-là car, si votre odeur ne lui convient pas, il s'en va tout simplement, abrégeant du même coup le stade du véritable contact physique qui devrait suivre. S'il ne vous a pas quitté, si tout ce qui a émané de vous lui agrée, vient alors le moment des caresses, du ronron couché sur vos cuisses – ça y est, vous avez un copain.

ANNY DUPEREY, *Les Chats de hasard.*

Épitaphe d'un chat

Maintenant le vivre me fâche :
Et à fin, Magny, que tu saches
Pourquoi je suis tant éperdu
Ce n'est pas pour avoir perdu
Mes anneaux, mon argent, ma bourse :
Et pourquoi est-ce donques ? pour ce
Que j'ai perdu depuis trois jours
Mon bien, mon plaisir, mes amours :
En quoi ? ô souvenance grève !
À peu que le cœur ne me crève
Quand j'en parle ou quand j'en écris :
C'est Belaud mon petit chat gris,
Belaud, qui fut par aventure
Le plus bel œuvre que nature
Fit onc en matière de chats :
C'était Belaud la mort aux rats,
Belaud, dont la beauté fut telle
Qu'elle est digne d'être immortelle.
Donques Belaud premièrement
Ne fut pas gris entièrement,
Ni tel qu'en France on les voit naître,
Mais tel qu'à Rome on les voit être,
Couvert d'un poil gris argentin,
Ras et poli comme satin,
Couché par ondes sur l'échine,
Et blanc dessous comme une hermine.
Petit museau, petites dents,
Yeux qui n'étaient point trop ardents,
Mais desquels la prunelle perse

Imitait la couleur diverse
Qu'on voit en cet arc pluvieux
Qui se courbe au travers des cieux ;
La tête à la taille pareille,
Le col grasset, courte l'oreille,
Et dessous un nez ébénin
Un petit mufle léonin
Autour duquel était plantée
Une barbelette argentée
Armant d'un petit poil follet
Son musequin damoiselet ;
[...]
La gorge douillette et mignonne,
La queue longue à la gueunonne,
Mouchetée diversement
D'un naturel bigarrement :
[...]
Tel fut Belaud la gente bête
Qui des pieds jusques à la tête,
De telle beauté fut pourvu
Que son pareil n'a point vu.
[...]
Mon Dieu, quel passe-temps c'était
Quand ce Belaud virevoltait
Folâtre autour d'une pelote !
Quel plaisir, quand sa tête sotte
Suivait sa queue en mille tours,
D'un rouet imitait le cours !

JOACHIM DU BELLAY.

J'ai eu au moins cent chats, ou plutôt – comme disait Michelet – cent chats m'ont eu.

J'aime les chats parce qu'ils sont silencieux et, à ce titre, incompris ; je n'entends pas dire qu'ils ne miaulent jamais, mais ils ne miaulent qu'à bon escient, pour demander des choses précises ; bien différents en cela des chiens ou des oiseaux, dont le bavardage et les grimaces attendrissent les esprits superficiels. Les chats sont incompris, parce qu'ils dédaignent de s'expliquer ; énigmatiques, ils ne le sont que pour qui ignore la puissance expressive du mutisme. Il n'est pas d'être vivant dont le visage soit plus éloquent que celui d'un chat [...] Je ne connais qu'un regard humain plus riche de nuances : c'est celui de Greta Garbo ; et si elle était tentée de s'offusquer de ce rapprochement, le trouvant sacrilège, qu'elle se souvienne que cinq mille ans avant elle, la chatte était déesse.

PAUL MORAND, *Rond-Point des Champs-Élysées*,
« Voué aux chats ».

Il se jeta sur le champ frais des draps, en ménageant la chatte. Il lui dédia rapidement quelques litanies rituelles qui convenaient aux grâces caractéristiques et aux vertus d'une chatte dite des chartreux, pure de race, petite et parfaite.

« Mon petit ours à grosses joues… Fine-fine-fine chatte … Mon pigeon bleu… Démon couleur de perle… »

Dès qu'il supprima la lumière, la chatte se mit à fouler délicatement la poitrine de son jeune ami, perçant d'une seule griffe, à chaque foulée, la soie du pyjama et atteignant la peau juste assez pour qu'Alain endurât un plaisir anxieux. […] Il caresse le pelage de la chatte, chaud et frais, fleurant le buis taillé, le thuya, le gazon bien nourri. Elle ronronnait à pleine gorge, et dans l'ombre elle lui donna un baiser de chat, posant son nez humide, un instant, sous le nez d'Alain, entre les narines et la lèvre. Baiser immatériel, rapide et qu'elle n'accordait que rarement…

COLETTE, *La Chatte.*

Le Petit Chat

C'est un petit chat noir effronté comme une page,
Je le laisse jouer sur ma table souvent,
Quelques fois il s'assied sans faire de tapage,
On dirait un joli presse-papiers vivant.

Rien en lui, pas un poil de son velours ne bouge ;
Longtemps, il reste là, noir sur un feuillet blanc,
À ces minets tirant leur langue de drap rouge
Qu'on fait pour essuyer les plumes ressemblant.

Quand il s'amuse il est extrêmement comique,
Pataud et gracieux, tel un ourson drôlet.
Souvent je m'accroupis pour suivre sa mimique
Quand on met devant lui la soucoupe de lait.

Tout d'abord de son nez délicat il le flaire,
Le frôle, puis, à coups de langue très petits,
Il le happe ; et dès lors il est à son affaire
Et l'on entend pendant qu'il boit un clapotis.

Il boit, bougeant la queue et sans faire une pause,
Et ne relève enfin son joli museau plat
Que lorsqu'il a passé sa langue rêche et rose
Partout, bien proprement débarbouillé le plat.

Alors il se pourlèche un moment les moustaches,
Avec l'air étonné d'avoir déjà fini.
Et comme il s'aperçoit qu'il s'est fait quelques taches,
Il se lisse à nouveau, lustre son poil terni.

Ses yeux jaune et bleu sont comme deux agates ;
Il les ferme à demi, parfois en reniflant,
Se renverse, ayant pris son museau dans ses pattes,
Avec des airs de tigre étendu sur le flanc.

EDMOND ROSTAND, *Musardises.*

Un gros chat blanc qui appartenait au jardinier, sauta sur mes genoux et, de cette secousse, ferma le livre que je posai à côté de moi pour caresser la bête. [...]

Le chat se roulait sur mes genoux, sur le dos, les pattes en l'air, ouvrant et fermant ses griffes, montrant sous ses lèvres ses crocs pointus et ses yeux verts dans la fente presque close de ses paupières. Je caressais et maniais la bête molle et nerveuse, souple comme une étoffe de soie, douce, chaude, délicieuse et dangereuse. Elle ronronnait ravie, prête à mordre, car elle aime griffer autant que d'être flattée. Elle tendait son cou, ondulait, et quand je cessais de la toucher, se redressait et poussait sa tête sous ma main levée.

Je l'énervais et elle m'énervait aussi, car je les aime et je les déteste, ces animaux charmants et perfides. J'ai plaisir à les toucher, à faire glisser sous ma main leur poil soyeux qui craque, à sentir leur chaleur dans ce poil, dans cette fourrure fine, exquise. Rien n'est plus doux, rien ne donne à la peau une sensation plus délicate, plus raffinée, plus rare que la robe tiède et vibrante d'un chat. [...]

Et toujours, toujours, au bout de mes dix doigts, je sens le chatouillement vif et léger qui m'envahit.

GUY DE MAUPASSANT, *La Petite Roque et autres histoires*, « Sur les chats ».

Missoui était une grande amoureuse. Elle avait un abandon, une invention dans la tendresse que je n'ai connus à aucun autre chat. Des gestes, là aussi, à la limite de l'humain. Je me souviens qu'un jour, après une longue crise d'amour, elle reposait de tout son long à côté de moi, contre ma poitrine, sa tête à la hauteur de la mienne, et nous nous regardions, nez contre nez, sa patte avant posée sur mon cou. Sur le point de m'endormir, ses moustaches qui me chatouillaient la joue me gênèrent et je tournai la tête de l'autre côté. C'est alors que Missoui, sans bouger son corps et la tête toujours calmement posée à côté de moi sur l'oreiller, leva simplement la patte posée sur mon cou, attrapa mon menton, sans sortir les griffes bien sûr, et ramena doucement mon visage vers elle. Ce mouvement si doux et volontaire… Et ce regard… Je me rappelle l'avoir regardée intensément en retour, éberluée par ce geste si sensible et proche des nôtres en pensant : « Quel genre de chatte es-tu donc, toi ? »

Les années passant, la tendresse s'approfondit encore entre Missoui, mes enfants et moi. Elle continuait, immuablement, à faire le tour de nos chambres. Et nous dormions avec délice avec elle, même si elle nous réveillait le matin par un léchage obstiné de nos narines – ce qui devait être l'équivalent d'un baiser pour elle. Pour rien au monde, nous ne l'aurions chassée de notre lit pour ça, même si sa petite langue râpeuse nous écorchait assez cruellement le bord des trous de nez. Ce fut pire quand, sa santé ne s'améliorant pas, elle eut un taux d'urée dans le sang tel qu'il lui donnait une haleine épouvantable. Nous la supportions stoïquement, retenant notre respiration. Elle était tellement contente de nous dire bonjour ainsi le matin… Et nous étions tellement heureux de son amitié. Elle n'aurait pas compris qu'on la repousse. La tendresse était la plus forte, nous nous laissions donc faire. Et je sais qu'à tous les trois, indifféremment, nous échappaient dans un souffle les mêmes mots doux : « Tu pues, Missoui… »

Nous l'aimions.

ANNY DUPEREY, *Les Chats de hasard.*

Étude de chat

Longue oreille, des crocs intacts, de vrais ivoires,
Le corps svelte quoique râblu,
Son beau pelage court et gris à barres noires
Lui faisant un maillot velu ;

Des yeux émeraudés, vieil or, mouillant leur flamme
Qui, doux, énigmatiquement,
Donnent à son minois le mièvre et le charmant,
D'un joli visage de femme.

Avec cela rôdeur de gouttières, très brave,
Fort et subtil, tel est ce chat,
Pratiquant à loisir le bond et l'entrechat
Au grenier comme à la cave.

Aujourd'hui depuis l'aube, ayant bien ripaillé,
Au vieux château qui le vit naître,
Il est, sur son fauteuil poudreux et dépaillé,
Accroupi devant la fenêtre.

Il pleuvasse un peu, mais pour ce craintif de l'eau
L'ondée a trop de violence ;
Il reste au gîte, y fait son ronronnant solo
Dans la musique du silence.

Confit en sa mollesse, il peine à s'étirer,
Piète, sort sa griffe, la rentre ;
Pour le moment, sans puce, et gavé son plein ventre,
Il n'a plus rien à désirer.

Une poussière ayant picoté son nez rose,
Il éternue, et comme un loir,
Il s'étend paresseux, chargé de nonchaloir,
Et genoux pliés se repose.

L'œil mi-clos, rêvassant plutôt qu'il ne sommeille
Gardant l'ouïe et l'odorat,
Il guigne le grillon du mur, flaire le rat,
Écoute ronfler une abeille.

Le temps passe, à la fin, de sieste en somnolence,
Il s'endort, puis, se réveillant,
Se rendort de nouveau, se réveille en bâillant,
Tant qu'il sort de son indolence.

Il toussote, se mouche et se désassoupit,
Bombe son échine et la creuse
En redressant sa queue alerte, tout heureuse
D'avoir terminé son répit.

À l'œuvre maintenant ! toilette et gratterie
L'absorbent tout entier. Le chat,
Si propre qu'il est, si bien peigné déjà,
Se lisse avec coquetterie.

Que par hasard un poil se colle sur sa langue,
Pour l'avaler, le miauleur
Grimace en mâchonnant, fait comme un beau parleur
Qui s'empêtre dans sa harangue.

À piochement de tête onduleux, brusque et drôle,
Il se râpe le bas du cou ;
Des griffes et des dents, il insiste beaucoup
Aux démangeaisons de l'épaule.

Son opération, d'un arrêt s'entrecoupe :
Il tend son regard et son flair,
Et le col et les reins en arc, la cuisse en l'air,
Lèche les abords de sa croupe.

Sans voir ce que la pluie en tapotant gribouille
Sur la crasse de son carreau,
Il humecte longtemps le caoutchouc noiraud
De sa patte, et se débarbouille.

Éveillée à présent, mutine se détache
Sur un fond d'ombre vague aux clairs-obscurs tremblants,
Sa frimousse qui montre espacés et tout blancs
Les poils raides et droits lui servant de moustache.

Mais la pluie a cessé. Quelqu'un entre soudain.
Le matou sort d'un bond, gagne cour et jardin,
Et bientôt on le voit marchant à pas tranquilles
Au long du vieux chenal, sur la mousse des tuiles.

MAURICE ROLLINAT, *Les Bêtes.*

La Fleur

« Oh ! La jolie fleur dans la vitrine !

– Oui, c'est un pavot blanc.

– Je ne vous parle pas des petits pavots, je vous montre la fleur d'en bas, tachetée de clair et de sombre, veloutée, avec deux gouttes de rosée qui brillent, et de grandes étamines blanches pointues... Tiens, je me trompais, ce n'est pas une fleur, c'est un chat.

– Non, non, vous aviez raison, poète : c'est une fleur. »

COLETTE, *Autres Bêtes,* « Chats de Paris ».

Beauté fatale

Le plus petit des félins est
une œuvre d'art.

LÉONARD DE VINCI.

Le Trésor

« Pauvre ? Vous croyez que mon maître est pauvre, parce que ses contrevents vont choir au premier orage, parce que son mur chancelle, et que les vitres n'empêchent plus la bise d'entrer ?

Détrompez-vous mon maître est riche. Ne voyez-vous pas qu'il a, fidèle et fourrée d'hermine, lumière d'un logis sans feu, chaleur d'un lit sans duvet – qu'il a sur sa fenêtre ce bien inestimable, cet éclatant démenti : une chatte blanche ? »

COLETTE, *Autres Bêtes*, « Chats de Paris ».

J'ai une adorable maîtresse toute blanche et qui s'appelle Neige. C'est une chatte de race, jolie, et que j'embrasse tout le jour sur son nez rose. Elle efface mes vers avec sa queue, se promenant sur ma table pendant que j'écris.

Stéphane Mallarmé.

C'était assise sur le lit devant la fenêtre qu'elle révélait le mieux sa splendeur. Ses deux pattes avant de couleur crème très légèrement rayées se tenaient bien droites l'une contre l'autre, posées sur leurs chaussons à reflets d'argent. Ses oreilles délicatement bordées de blanc éclatant se dressaient et frémissaient, à l'affût des sons, des sensations. Sa tête pivotait imperceptiblement à chaque sensation nouvelle, en alerte. Sa queue s'animait, dans une autre dimension, comme pour appréhender des messages que ses organes eussent été impuissants à saisir. Elle se tenait ainsi, immobile, légère comme l'air, à regarder, écouter, sentir, percevoir, respirer, tout son être – fourrure, moustaches, oreilles – engagé dans une délicate vibration.

Si le poisson concrétise le mouvement de l'eau, lui donne forme, alors le chat est un diagramme d'air subtil.

DORIS LESSING, *Les Chats en particulier.*

Seraphita avait un caractère rêveur et contemplatif. Elle restait de longues heures immobile sur un coussin, ne dormant pas et suivant des yeux, avec une intensité extrême d'attention, des spectacles invisibles pour de simples mortels. Les caresses lui étaient agréables; mais elle les rendait d'une manière très réservée, et seulement à des gens qu'elle favorisait de son estime, difficilement accordée. Le luxe lui plaisait, et c'était toujours sur le fauteuil le plus frais, sur le morceau d'étoffe le plus propre à faire ressortir son duvet de cygne, qu'on était sûr de la trouver. Sa toilette lui prenait un temps énorme; sa fourrure était lissée soigneusement tous les matins. Elle se débarbouillait avec sa patte; et chaque poil de sa toison brossé avec sa langue rose reluisait comme de l'argent neuf. Quand on la touchait, elle effaçait tout de suite les traces de contact, ne pouvant souffrir d'être ébouriffée. Son élégance, sa distinction éveillait une idée d'aristocratie; et, dans sa race, elle était au moins duchesse. Elle raffolait des parfums, plongeait son nez dans les bouquets, mordillait, avec de petits spasmes de plaisir, les mouchoirs imprégnés d'odeur; se promenait sur la toilette parmi les flacons d'essence, flairant les bouchons; et, si on l'eût laissée faire, elle se fût volontiers mis de la poudre de riz. [...]

Cette délicate et charmante bête adorait les parfums. Le patchouli, le vétiver des cachemires la jetaient en des extases. Elle avait aussi le goût de la musique. Grimpée sur une pile de partitions, elle écoutait fort attentivement et avec des signes visibles de plaisir les cantatrices qui venaient s'essayer au piano. Mais les notes aiguës la rendaient nerveuse et là d'en haut elle ne manquait jamais de fermer avec sa patte la bouche de la chanteuse.

Théophile Gautier, *Ménagerie intime.*

Dans une certaine mesure,
le chat pourrait être un autre
moi-même ou, mieux,
comme un maître,
un modèle.

Béatrix Beck.

Après qu'on l'eut poudré, frisé, parfumé, paré, ajusté, et rendu plus beau qu'Adonis, les mains le conduisirent dans une salle superbe par ses dorures et ses meubles. On voyait autour l'histoire des plus fameux chats : Rodillardus pendu par les pieds au conseil des rats, Chat botté marquis de Carabas, le Chat qui écrit, la Chatte devenue femme, les sorciers devenus chats, le sabbat et toutes ses cérémonies ; enfin rien n'était plus singulier que ces tableaux.

Le couvert était mis ; il y en avait deux, chacun garni de son cadenas d'or ; le buffet surprenait par la quantité de vases de cristal de roche et de mille pierres rares. Le prince ne savait pour qui ces deux couverts étaient mis, lorsqu'il vit des chats qui se placèrent dans un petit orchestre, ménagé exprès ; l'un tenait un livre avec les notes les plus extraordinaires du monde, l'autre un rouleau de papier dont il battait la mesure, et les autres avaient de petites guitares. Tout d'un coup chacun se mit à miauler sur différents tons, et à gratter les cordes des guitares avec ses ongles ; c'était la plus étrange musique que l'on eût jamais entendue. Le prince se serait cru en enfer, s'il n'avait pas trouvé ce palais trop merveilleux pour donner dans une pensée si peu vraisemblable ; mais il se bouchait les oreilles, et riait de toute sa force, de voir les différentes postures et les grimaces de ces nouveaux musiciens.

Il rêvait aux différentes choses qui lui étaient déjà arrivées dans ce château, lorsqu'il vit entrer une petite figure qui n'avait pas une coudée de haut. Cette bamboche se couvrait d'un long voile de crêpe noir. Deux chats la menaient ; ils étaient vêtus de deuil, en manteau, et l'épée au côté ; un nombreux cortège de chats venait après ; les uns portaient des ratières pleines de rats, et les autres des souris dans des cages.

Le prince ne sortait point d'étonnement ; il ne savait que penser.

La figurine noire s'approcha ; et levant son voile, il aperçut la plus belle petite chatte blanche qui ait jamais été et qui sera jamais. Elle avait l'air fort jeune et fort triste ; elle se mit à faire un miaulis si doux et si charmant qu'il allait droit au cœur ; elle dit au prince :

« Fils de roi, sois le bienvenu, ma miaularde majesté te voit avec plaisir.

– Madame la Chatte, dit le prince, vous êtes bien généreuse de me recevoir avec tant d'accueil, mais vous ne me paraissez pas une bestiole ordinaire ; le don que vous avez de la parole, et le superbe château que vous possédez, en sont des preuves assez évidentes.

– Fils de roi, reprit Chatte Blanche, je te prie, cesse de me faire des compliments, je suis simple dans mes discours et dans mes manières, mais j'ai un bon cœur. Allons, continua-t-elle, que l'on serve, et que les musiciens se taisent, car le prince n'entend pas ce qu'ils disent. »

MADAME D'AULNOY, *Les Fées à la mode.*

Une Dame, on m'a fait secret,
Encore que je sois discret
De son nom et de son parentage,

De sa figure et de son âge,
Un ami seulement m'a dit :
Une Dame, et cela suffit,
Une Dame donc, fort joyeuse,
D'un chat qu'elle avoit amoureuse,
Ne sçachant à quoi l'amuser
Fit dessein de le déguiser.
D'une tresse faite à merveilles,
Et de riches pendants d'oreilles,
Le chef du chat, elle para,
Et, l'enfant paré, l'admira :
Lui mit au col de belles perles,
Plus grosses que des yeux de merles,
De merlan, ce seroit mieux dit
Mais la rime me l'interdit.
Une chemise blanche et fine,
Une jupe, une hongreline,
Un colet, un mouchoir de cou,
Et force galans du Marcou
Firent une brave Donzele ;
À la vérité pas fort belle ;
Mais au moins elle ravissoit
La Dame qui l'embellissoit.
Devant un grand miroir, la Dame
Tenoit la moitié de son âme,
Le chat qui ne témoignoit pas
S'étonner, ni faire grand cas
Des caresses de cette folle,

Ni de se voir comme une Idole.
Cependant quelqu'un qui survint
Fut cause que la Dame tint
Son chat avecque négligence.
Sans mettre l'affaire en balance,
Le bon chat gagna l'escalier
Et de là gagna le grenier,
Du grenier gagna les gouttières ;
Et voilà la Dame aux prières
Aux cris, à conjurer les gens
D'être après son chat diligens ;
Mais dans le pays des gouttières
Les Marcous ne s'attrapent guères
On suivit le chat, mais en vain.
On s'informa le lendemain
Des voisins, on leur dit l'histoire ;
Les uns eurent peine à le croire ;
Les autres le crurent d'abord
Et tous s'en divertirent fort ;
Et cependant le chat sauvage
Ne revint point ; la Dame enrage
Moins pour les perles de son cou
Que pour la perte du Matou.

« Il paroit, par cette avanture, dit Moncrif, que les chats n'aiment point à représenter tout ce qui a l'air de sujettion, répugne apparemment à cette indépendance dans laquelle ils sont nez. »

PAUL SCARRON, *Épître à Madame de Montalère.*

La Chatte et Aphrodite

Une chatte, s'étant éprise d'un beau jeune homme, pria Aphrodite de la métamorphoser en femme. La déesse, prenant en pitié sa passion, la changea en gracieuse jeune fille ; et alors le jeune homme l'ayant vue s'en amouracha et l'emmena dans sa maison. Comme ils reposaient dans la chambre nuptiale, Aphrodite, voulant savoir si, en changeant de corps, la femme avait aussi changé de caractère, lâcha une souris au milieu de la chambre. La chatte, oubliant sa condition présente, se leva du lit et poursuivit la souris pour la croquer. Alors, la déesse indignée contre elle la remit dans son premier état.

Pareillement les hommes naturellement méchants ont beau changer d'état, ils ne changent point de caractère.

ÉSOPE, *Fables.*

Les femmes et les chattes font
ce qu'elles veulent,
et les hommes et les chiens devraient
se faire à cette idée.

ROBERT HEINLEIN.

La Chatte métamorphosée en femme

Un homme chérissoit éperdument sa chatte ;
Il la trouvait mignonne, et belle, et délicate,
Qui miauloit d'un ton fort doux.
Il était plus fou que les fous.
Cet homme donc, par prières, par larmes,
Par sortilèges et par charmes,
Fait tant qu'il obtient du destin
Que sa chatte en un beau matin
Devient femme ; et le matin même,
Maître sot en fait sa moitié.
Le voilà fou d'amour extrême,
De fou qu'il étoit d'amitié.
Jamais la dame la plus belle
Ne charma tant son favori
Que fait cette épouse nouvelle
Son hypocondre de mari.
Il l'amadoue, elle le flatte ;
Il n'y trouve plus rien de chatte,
Et poussant l'erreur jusqu'au bout,
La croit femme en tout et partout,
Lorsque quelques souris qui rongeoient de la natte
Troublèrent le plaisir des nouveaux mariés.
Aussitôt la femme est sur pieds :
Elle manqua son aventure.
Souris de revenir, femme d'être en posture.
Pour cette fois elle accourut à point :
Car ayant changé de figure,
Les souris ne la craignoient point.
Ce lui fut toujours une amorce,

Tant le naturel a de force.
Il se moque de tout, certain âge accompli :
Le vase est imbibé, l'étoffe a pris son pli.
En vain de son train ordinaire
On le veut désaccoutumer.
Quelque chose qu'on puisse faire,
On ne sauroit le réformer.
Coups de fourche ni d'étrivières
Ne lui font changer de manières ;
Et fussiez-vous embâtonnés,
Jamais vous n'en serez les maîtres.
Qu'on lui ferme la porte au nez,
Il reviendra par les fenêtres.

JEAN DE LA FONTAINE, *Fables*.

LE BOULANGER

C'est la première et la seule parole d'amour que tu m'aies dite… Alors, je ne sais plus quoi faire.

(Il reste là et, au bout de ses bras ballants, pendent ses grosses mains, que la pâte épaissit encore. Et tout à coup, il tourne la tête vers la petite porte qui conduit à la cave : par la chatière, la chatte noire, la Pomponette, vient d'entrer. Le boulanger la regarde un instant, et il prend un air sévère.)

Ah ? Te voilà, toi ? (*À sa femme.*) Regarde, la voilà, la Pomponette… Garce, salope, ordure, c'est maintenant que tu reviens ? Et le pauvre Pompon, dis, qui s'est fait un mauvais sang d'encre pendant ces trois jours ! Il tournait, il virait, il cherchait dans tous les coins… Plus malheureux qu'une pierre, il était… (*À sa femme.*) Et elle, pendant ce temps-là, avec son chat de gouttières… Un inconnu, un bon à rien… Un passant du clair de lune… Qu'est-ce qu'il avait, dis, de plus que lui ?

AURÉLIE. (*Elle baisse la tête.*)

Rien.

LE BOULANGER

Toi, tu dis : « Rien. » Mais elle, si elle savait parler, ou si elle n'avait pas honte – ou pas pitié du vieux Pompon – elle me dirait : « Il était plus beau. » Et qu'est-ce que ça veut dire, beau ? Qu'est-ce que c'est, cette petite différence de l'un à l'autre ? Tous les Chinois sont pareils, tous les nègres se ressemblent, et, parce que les lions sont plus forts que les lapins, ce n'est pas une raison pour que les lapines leur courent derrière en clignant de l'œil. (*À la chatte, avec amertume.*) Et la tendresse, alors, qu'est-ce que tu en fais ? Dis, ton berger de gouttières, est-ce qu'il se réveillait, la nuit, pour te regarder dormir ? Est-ce que, si tu étais partie, il aurait laissé refroidir son four, s'il avait été boulanger ?

(*La chatte, tout à coup, s'en va tout droit vers une assiette de lait qui était sur le rebord du four, et lape, tranquillement.*)

Voilà. Elle a vu l'assiette de lait, l'assiette du pauvre Pompon. Dis, c'est pour ça que tu reviens ? Tu as eu faim et tu as eu froid ?... Va, bois-lui son lait, ça lui fait plaisir... Dis, est-ce que tu repartiras encore ?

AURÉLIE

Elle ne repartira plus...

LE BOULANGER. (*À la chatte à voix basse.*)
Parce que, si tu as envie de repartir, il vaudrait mieux repartir tout de suite : ça serait sûrement moins cruel...

AURÉLIE

Non, elle ne repartira plus... Plus jamais...

(*Elle s'est élancée vers lui, elle baise la grosse main toute gluante de pâte, elle se blottit contre lui.*)

MARCEL PAGNOL, *La Femme du boulanger.*

La beauté du chat est classique alors que celle du chien est gothique. On ne trouve jamais ailleurs dans le monde animal une telle perfection hellénique des formes, une telle adaptation anatomique à la fonction, que chez les félins. Nos charmants minous sont semblables aux temples doriques, aux colonnes ioniques dont ils possèdent l'harmonie structurale et le charme élevé à un degré supérieur.

HOWARD PHILLIPS LOVECRAFT, *Des chiens et des chats.*

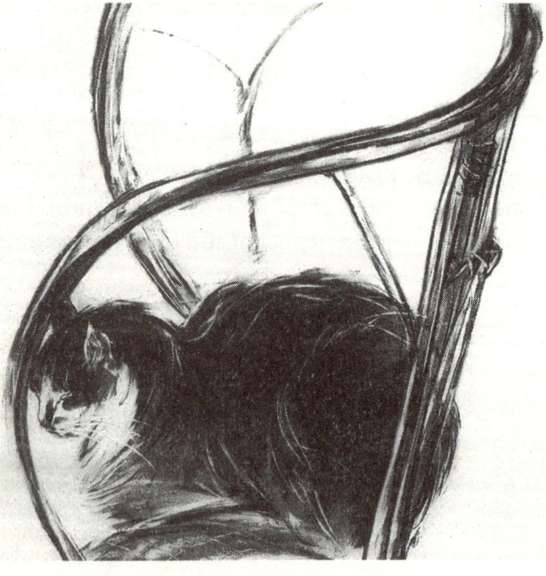

Il y a dans la nature un certain nombre de choses où la beauté et l'utilité, la perfection esthétique et la perfection technique se combinent de façon incompréhensible. Citons : la toile d'araignée, l'aile de la libellule, le corps profilé du dauphin et les mouvements du chat. Dessinés par un chorégraphe de génie, composés sous la pression même de la lutte pour l'existence (le plus rigoureux des impératifs), ils ne pourraient être ni plus beaux ni plus fonctionnels. Et l'animal semble avoir conscience de cette beauté, car il est évident qu'il s'en délecte, qu'il les accomplit pour l'amour de leur propre perfection. Il en fait un jeu qui occupe une place toute particulière dans la vie de l'arbitre des élégances animales.

KONRAD LORENZ, *Tous les chiens, tous les chats*, « Jeux de chats ».

Les chats, les femmes et les grands
criminels ont ceci en commun,
ils représentent un idéal inaccessible
et une capacité à s'aimer soi-même
qui nous les rend attirants.

SIGMUND FREUD.

C'est une chatte élégante, avec un profil noble et incurvé, comme un chat de tombeau. Quand elle se tient droite, les pattes rassemblées et le regard fixe, ou qu'elle s'accroupit, les yeux à moitié masqués, elle apparaît immobile, lointaine, retirée en elle-même dans quelque lieu inaccessible. Dans ces moments-là, ténébreuse, elle inspire l'effroi. Et elle est noire, noire, noire. Moustache noire luisante, cils noirs, pas un seul poil blanc sur tout le corps. [...] Le concepteur de la chatte noire avait décidé : je créerai un chat noir, la quintessence du chat noir, un chat des enfers. [...] « Chatte des ombres ! Chatte plutonique ! Chatte d'alchimiste ! Chatte de minuit ! »

DORIS LESSING, *Les Chats en particulier.*

Cy-gît une chatte jolie
Sa maîtresse qui n'aima rien
L'aima jusques à la folie :
Pourquoi le dire ?
On le voit bien !

MADAME DE LESDIGUIÈRES, *épitaphe de Ménine.*

Je suis née chez un ministre du Catshire, auprès de la petite ville de Miaulbury. La fécondité de ma mère condamnait presque tous ses enfants à un sort cruel, car vous savez qu'on ne sait pas encore à quelle cause attribuer l'intempérance de la maternité chez les Chattes anglaises, qui menacent de peupler le monde entier. Les Chats et les Chattes attribuent, chacun de leur côté, ce résultat à leur amabilité et à leurs propres vertus. Mais quelques observateurs impertinents disent que les Chats et les Chattes sont soumis en Angleterre à des convenances si parfaitement ennuyeuses, qu'ils ne trouvent les moyens de se distraire que dans ces petites occupations de famille. D'autres prétendent qu'il y a là de grandes questions de l'industrie et de la politique, à cause de la domination anglaise dans les Indes ; mais ces questions sont peu décentes sous mes pattes, et je les laisse à l'*Edinburgh Review.* Je fus exceptée de la noyade constitutionnelle à cause de l'entière blancheur de ma robe. Aussi me nomma-t-on Beauty. Hélas ! la pauvreté du ministre, qui avait une femme et onze filles, ne lui permettait pas de me garder. Une vieille fille remarqua chez moi une sorte d'affection pour la Bible du ministre ; je m'y posais toujours, non par religion, mais je ne voyais pas d'autre place propre dans le ménage. Elle crut peut-être que j'appartenais à la secte des Animaux sacrés qui a déjà fourni l'ânesse de Balaam, et me prit avec elle. Je n'avais alors que deux mois. Cette vieille fille, qui donnait des soirées auxquelles elle invitait par des billets qui promettaient *thé* et *Bible*, essaya de me communiquer la fatale science des filles d'Ève ;

elle y réussit par une méthode protestante qui consiste à vous faire de si longs raisonnements sur la dignité personnelle et sur les obligations de l'extérieur que pour ne pas les entendre, on subirait le martyre.

Un matin, moi, pauvre petite fille de la nature, attirée par de la crème contenue dans un bol, sur lequel un *muffin* était posé en travers, je donnai un coup de pattes au *muffin*, je lapai la crème; puis, dans la joie, et peut-être aussi par un effet de la faiblesse de mes jeunes organes, je me livrai, sur le tapis ciré, au plus impérieux besoin qu'éprouvent les jeunes Chattes. En apercevant la preuve de ce qu'elle nommait *mon intempérance* et mon défaut d'éducation, elle me saisit et me fouetta vigoureusement avec des verges de bouleau, en protestant qu'elle ferait de moi une lady, ou qu'elle m'abandonnerait.

« Voilà qui est gentil! disait-elle. Apprenez, miss Beauty, que les chattes anglaises enveloppent dans les plus profonds mystères les choses naturelles qui peuvent porter atteinte au respect anglais, et bannissent tout ce qui est *impropre*, en appliquant à la créature [...] les lois faites par Dieu pour la création. [...] Apprenez à souffrir mille morts plutôt que de révéler vos désirs: c'est en ceci que consiste la vertu des *saints*. Le plus beau privilège des chattes est de se sauver avec la grâce qui vous caractérise et d'aller on ne sait où faire leurs petites toilettes. Vous ne vous montrerez ainsi aux regards que dans votre beauté. Trompé par les apparences, tout le monde vous prendra pour un ange. Désormais, quand pareille envie vous saisira, regardez la croisée, ayez l'air de vouloir vous promener, et vous irez dans un taillis ou sur une gouttière. Si l'eau, ma fille, est la gloire de l'Angleterre, c'est précisément parce que l'Angleterre sait s'en servir, au lieu de la laisser tomber, comme une sotte, ainsi que font les Français qui n'auront jamais de marine, à cause de leur indifférence pour l'eau. »

Je trouvais, dans mon simple bon sens de Chatte, qu'il y avait beaucoup d'hypocrisie dans cette doctrine; mais j'étais si jeune!

« Et quand je serai dans la gouttière? pensais-je en regardant la vieille fille.

– Une fois seule, et bien sûre de n'être vue de personne, eh bien! Beauty, tu pourras sacrifier les convenances avec d'autant plus de charme que tu te seras retenue en public. En ceci éclate la perfection de la morale anglaise qui s'occupe exclusivement des apparences, ce monde n'étant, hélas, qu'apparence et déception. »

J'avoue que tout mon bon sens d'animal se révoltait contre ces déguisements; mais, à force d'être fouettée, je finis par comprendre que la propreté extérieure devait être la vertu d'une Chatte anglaise. Dès ce moment, je m'habituais à cacher sous les lits les friandises que j'aimais. Jamais personne ne me vit ni mangeant, ni buvant, ni faisant ma toilette. Je fus regardée comme la perle des Chattes.

HONORÉ DE BALZAC, *Peines de cœur d'une Chatte anglaise.*

Griffes & Dents

« Mets ta tête dans ma gueule, dit le chat, et attends.

– Ça peut durer longtemps ? demanda la souris.

– Le temps que quelqu'un me marche sur la queue, dit le chat ; il me faut un réflexe rapide. Mais je la laisserai dépasser, n'aie pas peur. »

La souris écarta les mâchoires du chat et fourra sa tête entre les dents aiguës. Elle la retira presque aussitôt.

« Dis donc, dit-elle, tu as mangé du requin, ce matin ?

– Écoute, dit le chat, si ça ne te plaît pas, tu peux t'en aller. Moi, ce truc-là, ça m'assomme. Tu te débrouilleras toute seule. »

Il paraissait fâché.

« Ne te vexe pas », dit la souris.

Elle ferma ses petits yeux noirs et replaça sa tête en position. Le chat laissa reposer avec précaution ses canines acérées sur le cou doux et gris. Les moustaches noires de la souris se mêlaient aux siennes.

BORIS VIAN, *L'Écume des jours.*

Un chat avait lié connaissance avec une souris et lui avait tant dit et raconté sur l'amour immense et la grande amitié qu'il lui portait que, pour finir, elle avait consenti à ce qu'ils vivent ensemble dans la même maison, où ils partageraient tous les soins et soucis du ménage. « Mais pour l'hiver, il nous faut faire provision, sinon on va souffrir de faim, affirma le chat ; toi, petite souris, tu ne peux pas te risquer à courir sans cesse de tous côtés, ou tu vas finir par tomber dans un piège ! » Le conseil étant sage, on le suivit sur l'heure en achetant, pour provision, un petit pot empli de graisse. Mais ils ne savaient pas où le ranger. Enfin, et après mûre réflexion, le chat parla : « Je ne vois pas de meilleur endroit que l'église pour le bien garder : personne n'aurait l'audace d'en enlever quelque chose ; nous irons donc le cacher là-bas, sous l'autel, et nous n'y toucherons plus tant qu'il ne sera pas devenu nécessaire. » Et ainsi le petit pot de graisse fut mis en sécurité. Il ne devait pourtant pas se passer beaucoup de jours avant que le chat s'y sentît poussé par l'envie, et il parla ainsi à la souris :

« À propos, je voulais te dire, petite souris, ma cousine me demande comme parrain : elle a mis au monde un fiston tout blanc avec des taches rousses, et c'est moi qui dois le tenir sur les fonts baptismaux. Tu veux bien, n'est-ce pas, t'occuper seule de la maison et me laisser sortir aujourd'hui ?

– Mais bien sûr, répondit la souris, vas-y, et si tu manges quelque chose de bon, pense à moi, et n'oublie pas non plus que quelques gouttes de bon vin doux des relevailles ne seraient pas pour me déplaire ! »

Mais il n'y avait rien de vrai dans tout cela : le chat n'avait pas plus de cousine qu'il n'était invité comme parrain. Il s'en alla tout droit à l'église, se glissa jusqu'au pot de graisse qu'il commença à lécher, et lécha tant et si bien qu'il en ôta toute la fine graisse du dessus. Cela fait, il s'en alla se promener sur les toits de la ville, inspectant tout, puis se coucha et paressa au soleil en se pourléchant chaque fois qu'il songeait au petit pot de graisse. Ce ne fut pas avant le soir qu'il s'en revint à la maison.

« Ah, te voilà ! dit la souris, tu as sûrement passé une bonne journée... » Et le chat répondit que tout avait été pour le mieux.

« Et quel nom a-t-on donné à l'enfant ? demanda la souris.

– Dessus-Parti, laissa tomber le chat d'un ton sec.

– Dessus-Parti, s'écria la souris, quel drôle de nom c'est là, vraiment étrange ! Est-ce qu'il est usuel dans votre famille ?

– Et alors ? répondit le chat, il n'est pas plus mal que Chipe miettes, comme t'appellent ceux qui t'ont baptisée. »

Peu de temps après, le chat fut repris par son envie. « Il faut que tu me rendes service et que tu t'occupes seule encore de la maison, dit-il à la souris ; je suis une deuxième fois invité à être parrain, et comme l'enfant est né avec un collier blanc, je ne peux pas refuser. » La brave petite souris consentit de bonne grâce, mais le chat rampa derrière le mur d'enceinte jusqu'à l'église, et engloutit la moitié du pot. « Rien n'a plus de saveur que ce qu'on mange seul », se dit-il ; et il était bien content et satisfait de son ouvrage. Quand il rentra, la souris questionna :

« Et de quel nom a-t-on baptisé cet enfant-là ?

– Mivide, répondit le chat.

– Mivide ! reprit la souris, mais que me dis-tu là ? De ma vie je n'ai entendu ce nom et je parierais qu'il ne se trouve pas dans le calendrier. »

Le chat ne tarda pas à se sentir de nouveau l'eau à la bouche en rêvant de la gourmandise.

« Les bonnes choses vont par trois, dit-il à la souris, je dois encore être parrain ; l'enfant est complètement noir, avec seulement le bout des pattes blanc et pas un seul poil blanc sur tout le corps, ce qui n'arrive guère qu'une fois tous les deux ans. Tu me laisses sortir, n'est-ce pas ?

– Dessus-Parti, Mivide, répondit la souris, quels curieux noms, en vérité, et qui me laissent toute pensive…

– À toujours rester à la maison dans ta robe gris foncé à la longue queue, tu te fais des idées, déclara le chat ; voilà ce qui arrive quand on reste des jours et des jours sans sortir. »

La souris s'activa pendant que le chat n'était pas là, fit le ménage et mit tout en ordre dans la maison ; et le gros chat gourmand nettoya tout le pot de graisse et le laissa bien net. « Quand il ne reste rien, alors on est tranquille ! » se dit-il à lui-même et, gros et gras, et satisfait, il ne rentra à la maison qu'avec la nuit. La première question de la souris fut pour lui demander quel nom on avait donné à l'enfant.

« C'est un nom qui ne te plaira guère, dit le chat : on l'a appelé Tout-Net.

– Tout-Net ! s'écria la souris. Celui-là, c'est bien le plus problématique de tous les noms et je ne l'ai jamais vu imprimé nulle part. Tout-Net, qu'est-ce que cela peut bien vouloir dire ? » Et elle hocha gravement la tête avant de se mettre en rond pour dormir.

À partir de ce moment-là plus personne ne demanda au chat d'être parrain ; mais quand l'hiver fut venu et qu'on ne trouva plus rien dehors, la souris pensa à leurs provisions et dit :

« Tu viens, chat ? Nous allons chercher le pot de graisse que nous avons mis en réserve et on va bien se régaler.

– Oh, pour ça oui ! dit le chat, tu vas t'en régaler, et ce sera pour ta fine langue comme si tu la mettais à la fenêtre. »

Ils se mirent donc en route et quand ils arrivèrent, le pot de graisse se trouvait bien à sa place, mais il était vide.

« Ah ! s'exclama la souris, maintenant je comprends ce qui s'est passé et tout est clair à présent : toi, au moins, tu es un véritable ami ! Tu as tout dévoré quand tu étais le soi-disant parrain : d'abord Dessus-Parti, et ensuite Mivide, et ensuite…

– Veux-tu te taire ! coupa le chat. Encore un mot et c'est toi que je croque ! »

Mais la malheureuse souris avait déjà lâché le « Tout-Net » qu'elle avait sur la langue et le chat, aussitôt, avait bondi sur elle, l'avait prise et avalée d'un coup.

Ainsi va le monde, vois-tu.

LES FRÈRES GRIMM, *Contes populaires de l'Allemagne*,
« Chat et Souris associés ».

Le Chat et un Vieux Rat

J'ai lu chez un conteur de fables
Qu'un second Rodilard, l'Alexandre des chats,
L'Attila, le fléau des rats,
Rendait ces derniers misérables.
J'ai lu, dis-je, en certain auteur,
Que ce chat exterminateur,
Vrai Cerbère, était craint une lieue à la ronde :
Il voulait de souris dépeupler tout le monde.
Les planches qu'on suspend sur un léger appui,
La mort-aux-rats, les souricières,
N'étaient que jeux au prix de lui.
Comme il voit que dans leurs tanières
Les souris étaient prisonnières,
Qu'elles n'osaient sortir, qu'il avait beau chercher,
Le galand fait le mort et du haut d'un plancher
Se pend la tête en bas : la bête scélérate
À de certains cordons se tenait par la patte.
Le peuple des souris croit que c'est châtiment,
Qu'il a fait un larcin de rôt ou de fromage,
Égratigné quelqu'un, causé quelque dommage ;
Enfin qu'on a pendu le mauvais garnement.
Toutes, dis-je, unanimement
Se promettent de rire à son enterrement,
Mettent le nez à l'air, montrent un peu la tête,
Puis rentrent dans leurs nids à rats,
Puis ressortant font quatre pas,
Puis enfin se mettent en quête.
Mais voici bien une autre fête :
Le pendu ressuscite ; et, sur ses pieds tombant,

Attrape les plus paresseuses.
« Nous en savons plus d'un, dit-il en les gobant :
C'est tour de vieille guerre ; et vos cavernes creuses
Ne vous sauveront pas, je vous en avertis :
Vous viendrez toutes au logis. »
Il prophétisait vrai : notre maître Mitis
Pour la seconde fois les trompe et les affine,
Blanchit sa robe et s'enfarine ;
Et de la sorte déguisé,
Se niche et se blottit dans une huche ouverte.
Ce fut à lui bien avisé :
La gent trotte-menu s'en vient chercher sa perte.
Un rat, sans plus, s'abstient d'aller flairer autour :
C'était un vieux routier, il savait plus d'un tour ;
Même il avait perdu sa queue à la bataille.
« Ce bloc enfariné ne me dit rien qui vaille,
S'écria-t-il de loin au général des chats :
Je soupçonne dessous encor quelque machine.
Rien ne te sert d'être farine ;
Car, quand tu serais sac, je n'approcherais pas. »
C'était bien dit à lui ; j'approuve sa prudence :
Il était expérimenté,
Et savait que la méfiance
Est mère de la sûreté.

JEAN DE LA FONTAINE, *Fables*.

Le Chat bourgeois

Un chat tuait sans vrai désir.
C'était un chat très riche et il n'avait pas très faim.
Il faut bien se distraire, enfin :
Chat bourgeois a tant de loisirs…
On ne peut pas toujours dormir sur un coussin.
De souris, il ne mangeait guère ;
Son pedigree fameux l'ayant mis au-dessus
De nourritures du vulgaire.
Son régime était strict. Cet immeuble cossu,
En outre visité, à dates périodiques,
Par les services de la dératisation,
Gens aux procédés scientifiques,
Tuant sans joie ni passion,
Au nom de l'administration,
De rat, de vrai bon rat, qui fuit et qu'on rattrape
Négligemment, ne le tuant qu'à petits coups
Sans tuer son espoir – vrai plaisir de satrape –
Il n'y en avait plus du tout
Avec leurs poisons et leurs trappes.
Restaient quelques moineaux bêtes et citadins,
Race ingrate
Qu'on étendait d'un coup de patte :
Assez misérable fretin.
Oubliant les rats,
L'employé du service d'hygiène ne vint pas.
On l'avait convoqué
Sur une autre frontière,
Pour tuer cette fois des hommes. Et la guerre,
Approchant à grands pas des quartiers élégants,
Les maîtres de mon chat durent prendre leurs gants,

En un quart d'heure, sur les routes incertaines.
Dans l'impérieux souci de sauver leur bedaine
Ils oublièrent tout, les bonnes et le chat.
Les bonnes changèrent d'état.
Loin de Madame, violées par les militaires,
Elles si réservées, elles se révélèrent
Putains de beaucoup de talent.
Leur train de vie devint tout à coup opulent
Et elles prirent une bonne.
Après un temps de désarroi,
Le chat, devenu chat, compris qu'il était roi ;
Que la faim est divine et que la lutte est bonne.
D'un œil blanc, d'une oreille arrachée aux combats
Dont il sortit vainqueur contre les autres chats,
Il paya ses amours royales sous la lune.
Sans régime et sans soin, ne mangeant que du rat
Il perdit son poil angora
Qui ne tenait qu'à sa fortune
Et auquel il ne tenait pas ;
Il y gagna la mine altière
Et l'orgueil des chats de gouttière,
Et bénit à jamais la guerre
Qui offre aux chats maigris des chattes et des rats.

Jamais ce que l'on vous donne
Ne vaudra ce que l'on prend
Avec sa griffe et sa dent.
La vie ne donne à personne.

JEAN ANOUILH, *Fables.*

Le Vieux Chat et la Jeune Souris

Une jeune souris de peu d'expérience
Crut fléchir un vieux chat, implorant sa clémence,
Et payant de raisons le Raminagrobis.
« Laissez-moi vivre : une souris
De ma taille et de ma dépense
Est-elle à charge en ce logis ?
Affamerois-je, à votre avis,
L'hôte et l'hôtesse, et tout leur monde ?
D'un grain de blé je me nourris :
Une noix me rend toute ronde.
À présent je suis maigre ; attendez quelque temps :
Réservez ce repas à messieurs vos enfants. »
Ainsi parloit au chat la souris attrapée.
L'autre lui dit : « Tu t'es trompée :
Est-ce à moi que l'on tient de semblables discours ?
Tu gagnerois autant de parler à des sourds.
Chat, et vieux, pardonner ! cela n'arrive guères.
Selon ces lois, descends là-bas,
Meurs, et va-t'en, tout de ce pas,
Haranguer les sœurs filandières :
Mes enfants trouveront assez d'autres repas. »
Il tint parole. Et pour ma fable,
Voici le sens moral qui peut y convenir :

La jeunesse se flatte, et croit tout obtenir ;
La vieillesse est impitoyable.

JEAN DE LA FONTAINE, *Fables.*

Un jour, j'entrai dans la cuisine et trouvai la chatte vautrée sur la table de la cuisine, qui regardait deux souris par terre.

Peut-être la présence de ses petits stimulerait-elle ses prétendus vrais instincts ? Quand ses chatons furent assez grands pour descendre l'escalier, j'enfermai la chatte et ses quatre petits dans la cuisine, en fis disparaître toute nourriture solide, et les y laissai pour la nuit. Je descendis vers l'aube, et vis la chatte allongée par terre, qui nourrissait ses petits ; à un mètre de là, une souris immobile. La souris ne s'enfuit même pas : elle attendit simplement que je m'en aille.

DORIS LESSING, *Les Chats en particulier.*

Le Chat et le Miroir

Philosophes hardis, qui passez votre vie
À vouloir expliquer ce qu'on n'explique pas,
Daignez écouter, je vous prie,
Ce trait du plus sage des chats.

Sur une table de toilette
Ce chat aperçut un miroir.
Il y saute, regarde et d'abord pense voir
Un de ses frères qui le guette.
Notre chat veut le joindre, il se trouve arrêté.
Surpris, il juge alors la glace transparente
Et passe de l'autre côté,
Ne trouve rien, revient, et le chat se présente;
Il réfléchit un peu: de peur que l'animal
Tandis qu'il fait le tour ne sorte,
Sur le haut du miroir il se met à cheval,
Une patte par-ci, l'autre par-là, de sorte
Qu'il puisse partout le saisir.
Alors, croyant bien le tenir,
Doucement vers la glace il incline la tête,
Aperçoit une oreille et puis deux… À l'instant,
À droite, à gauche, il va en jetant
Sa griffe qu'il tient toute prête:
Mais il perd l'équilibre, il tombe et n'a rien pris.
Alors sans davantage attendre,
Sans chercher plus longtemps ce qu'il ne peut comprendre,
Il laisse le miroir et retourne aux souris.
« Que m'importe, dit-il, de percer ce mystère?

Une chose que notre esprit.
Après un long travail, n'entend ni ne saisit
Ne nous est jamais nécessaire. »

JEAN-PIERRE CLARIS DE FLORIAN.

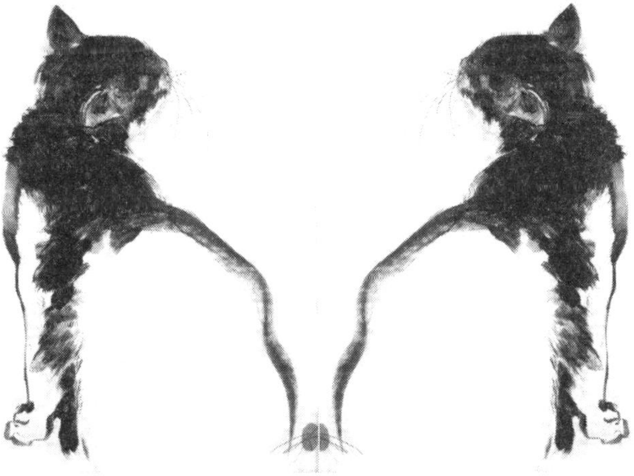

I

Le mien ne mange pas les souris : il n'aime pas ça. Il n'en attrape que pour jouer avec. Quand il a bien joué, il lui fait grâce de la vie, et il va rêver ailleurs, l'innocent, assis dans la boucle de sa queue, la tête bien fermée comme un poing.

Mais à cause des griffes, la souris est morte.

II

On lui dit : « Prends les souris et laisse les oiseaux ! »

C'est bien subtil, et le chat le plus fin quelquefois se trompe.

JULES RENARD, *Histoires naturelles.*

Les yeux de la chatte, fixés sur l'oiseau avec une intensité fascinatrice, disaient dans un langage que le perroquet entendait fort bien et qui n'avait rien d'ambigu : « Quoique vert, ce poulet doit être bon à manger. »

THÉOPHILE GAUTIER, *Ménagerie intime.*

Le Chat et les Deux Moineaux

Un chat, contemporain d'un fort jeune moineau,
Fut logé près de lui dès l'âge du berceau :
La cage et le panier avaient mêmes pénates.
Le chat était souvent agacé par l'oiseau :
L'un s'escrimait du bec ; l'autre jouait des pattes.
Ce dernier toutefois épargnait son ami,
Ne le corrigeant qu'à demi :
Il se fut fait un grand scrupule
D'armer de pointes sa férule.
Le passereau, moins circonspect,
Lui donnait force coups de bec.
En sage et discrète personne,
Maître chat excusait ces jeux :
Entre amis, il ne faut jamais qu'on s'abandonne
Aux traits d'un courroux sérieux.
Comme ils se connaissaient tous deux dès leur bas âge,
Une longue habitude en paix les maintenait ;
Jamais en vrai combat le jeu ne se tournait.
Quand un moineau du voisinage
S'en vint les visiter, et se fit compagnon
Du pétulant Pierrot et du sage Raton,
Entre les deux oiseaux il arriva querelle ;
Et Raton de prendre parti.
« Cet inconnu, dit-il, nous la vient donner belle,
D'insulter ainsi notre ami !
Le moineau du voisin viendra manger le nôtre !
Non, de par tous les chats ! » Entrant lors au combat,
Il croque l'étranger. « Vraiment, dit maître chat,

Les moineaux ont un goût exquis et délicat ! »
Cette réflexion fit aussi croquer l'autre.

Quelle morale puis-je inférer de ce fait ?
Sans cela, toute fable est une œuvre imparfaite.
J'en crois voir quelques traits ; mais leur ombre m'abuse.
Prince, vous les aurez incontinent trouvés :
Ce sont des jeux pour vous, et non point pour ma muse ;
Elle et ses sœurs n'ont pas l'esprit que vous avez.

JEAN DE LA FONTAINE, *Fables.*

Le Chat et l'Oiseau

Un village écoute désolé
Le chant d'un oiseau blessé
C'est le seul oiseau du village
Et c'est le seul chat du village
Qui l'a à moitié dévoré
Et l'oiseau cesse de chanter
Le chat cesse de ronronner
Et de se lécher le museau
Et le village fait à l'oiseau
De merveilleuses funérailles
Et le chat qui est invité
Marche derrière le petit cercueil de paille
Où l'oiseau mort est allongé
Porté par une petite fille
Qui n'arrête pas de pleurer
Si j'avais su que cela te fasse tant de peine
Lui dit le chat
Je l'aurais mangé tout entier
Et puis je t'aurais raconté
Que je l'avais vu s'envoler
S'envoler jusqu'au bout du monde
Là-bas où c'est tellement loin
Que jamais on n'en revient
Tu aurais eu moins de chagrin
Simplement de la tristesse et des regrets
Il ne faut jamais faire les choses à moitié.

JACQUES PRÉVERT, *Histoires.*

La supériorité du chat
sur le chien,
c'est qu'il n'y a pas de chat
policier.

JEAN COCTEAU.

Il était descendu, sa robe de chambre en laine sur son pyjama, les pieds nus dans ses pantoufles. Il avait cherché partout, dans le salon, dans la salle à manger, dans la cuisine et cela lui avait fait mal à la tête, à cause de la fièvre, de se pencher pour regarder sous les meubles.

De temps en temps, il émettait un léger sifflement auquel le chat était habitué et il lui arrivait d'appeler d'une voix douce où perçait l'angoisse.

« Joseph… Joseph… »

Le chat, quand on le laissait sortir seul pour faire ses besoins, ne dépassait jamais la ligne invisible qui séparait la rue de l'impasse. […]

Au moment de se remettre au lit, le regard dur, les traits figés, il pensa à la cave et descendit.

Il ne l'accusait pas encore mais commençait à la soupçonner.

Il le trouva, tout au fond, contre le mur humide, derrière une pile de fagots. L'animal était raide, ses yeux ouverts immobiles, le corps tordu. Il paraissait plus maigre que lorsqu'il vivait. De la bave s'était figée sous sa bouche et on voyait de la vomissure verdâtre sur le sol en terre battue.

Émile le prit entre ses mains, essaya vainement de lui fermer les yeux. Le contact avec le corps presque glacé lui avait donné une curieuse sensation le long de l'épine dorsale.

Il n'était pas un coléreux. Aujourd'hui, son visage avait une expression méchante. La bête dans les mains, il regardait autour de lui comme s'il cherchait quelque chose. Et, en effet, il trouva.

Les rats étaient nombreux dans l'impasse... et Marguerite en avait très peur. Il avait acheté un produit à base d'arsenic qu'on trouve dans toutes les drogueries... Le flacon en métal contenant le raticide était posé sur une étagère rudimentaire où l'on fourrait les divers objets qui n'avaient pas leur place ailleurs.

Il déposa le chat un instant, frotta une allumette, vit l'ancien cercle que la boîte avait dessiné sur le bois poussiéreux. Il y avait un autre cercle.

Reprenant son chat mort, il était remonté, lentement, si lentement, si lourdement que Marguerite, au rez-de-chaussée, dut sentir la menace. Elle voulut d'abord se réfugier au premier étage mais, comme il lui barrait la route, elle se précipita dans le salon. Quand elle essaya de refermer la porte à clef, il avança le pied, poussa le battant, s'approcha d'elle avec la même lenteur et, de la main gauche, lui saisit les cheveux.

En même temps, de la main droite, il approchait le cadavre de Joseph du visage apeuré.

« Regarde, charogne !... Regarde-le bien !... »

Tout le corps agité de tremblements, les yeux exorbités, elle avait crié au secours d'une voix aiguë. Elle ne se contrôlait plus, avait l'air d'une folle. [...]

Il continua de frotter le pelage du chat sur son visage jusqu'à ce qu'elle tombât à genoux sur le plancher, puis basculât en avant, comme évanouie.

GEORGES SIMENON, *Le Chat.*

Une centaine environ de ces animaux paisibles, utiles et amis de l'homme furent exécutés à coups de feu ou exterminés par d'autres procédés, en différentes localités du pays. Une quinzaine de chats, parfois dans un état fortement endommagé, furent apportés dans les postes de milice de différentes villes. À Almavir par exemple, une de ces bêtes parfaitement innocentes fut amenée à la milice par un quelconque citoyen, les pattes de devant attachées.

Le citoyen en question surprit ce chat au moment où l'animal, d'un air fourbe (Hé, que peut-on y faire, si les chats ont cet air-là ? Il ne leur vient pas de ce qu'ils sont vicieux, mais de ce qu'ils craignent qu'un être plus puissant qu'eux – chien ou homme – ne leur cause quelque dommage ou ne leur fasse quelque injure. L'un comme l'autre est très facile, mais il n'y a aucun honneur à cela, je l'affirme, aucun, aucun !), d'un air fourbe, donc, allait se glisser derrière une touffe de bardane.

Le citoyen se jeta sur le chat et arracha sa cravate de son cou pour l'attacher, tout en grognant d'un ton venimeux et lourd de menaces :

« Ah, ah ! À ce que je vois, on vient nous faire une petite visite à Almavir, monsieur l'hypnotiseur ? Mais ici, on n'a pas peur de vous ! Et ne faites pas semblant d'être muet ! On sait bien à quel oiseau on a affaire ! »

Et le citoyen mena le chat à la milice, traînant la pauvre bête par ses pattes de devant garrottées avec une cravate verte, et la contraignant, à l'aide de légers coups de pied, à marcher sur ses pattes de derrière.

« Avez-vous fini, criait le citoyen accompagné par les

sifflets d'une bande de galopins, avez-vous fini de faire l'imbécile ? ça ne vous servira à rien ! Marchez donc comme tout le monde, s'il vous plaît ! »

Le chat noir ne pouvait que rouler des yeux de martyr. Privé par la nature du don de la parole, il n'avait aucun moyen de se disculper. Le pauvre animal dut son salut, en premier lieu, à la milice et, en second lieu, à sa maîtresse, une vieille veuve tout à fait respectable. Dès que le chat fut au poste, on s'aperçut que le citoyen exhalait une forte odeur d'alcool, en conséquence de quoi ses déclarations furent accueillies avec le plus grand scepticisme.

Entre-temps, comme la vieille avait appris par ses voisins qu'on avait fait main basse sur son chat, elle courut à la milice, et fort heureusement arriva à temps. Elle fournit sur son chat les références les plus flatteuses, expliqua qu'elle le connaissait depuis cinq ans, époque à laquelle il n'était qu'un petit chaton, déclara qu'elle répondait de lui comme d'elle même, et témoigna qu'il n'avait jamais fait aucun mal et n'était jamais allé à Moscou. C'est à Almavir qu'il avait grandi et appris à attraper les souris.

Le chat fut détaché et rendu à sa maîtresse, après avoir bu, il est vrai, cette coupe amère : apprendre par expérience ce que sont l'erreur et la calomnie.

MIKHAÏL BOULGAKOV, *Le Maître et Marguerite.*

Femme et Chatte

Elle jouait avec sa chatte,
Et c'était merveille de voir
La main blanche et la blanche patte
S'ébattre dans l'ombre du soir.

Elle cachait – la scélérate ! –
Sous ses mitaines de fil noir
Ses meurtriers ongles d'agate,
Coupants et clairs comme un rasoir.

L'autre faisait la sucrée
Et rentrait sa griffe acérée,
Mais le diable n'y perdait rien…

Et dans le boudoir où, sonore,
Tintait son rire aérien,
Brillaient quatre points de phosphore.

PAUL VERLAINE, *Poèmes saturniens,* « Caprices ».

Poil de Carotte l'a entendu dire : rien ne vaut la viande de chat pour pêcher les écrevisses, ni les tripes d'un poulet, ni les déchets d'une boucherie.

Or, il connaît un chat, méprisé parce qu'il est vieux, malade, et, çà et là, pelé. Poil de Carotte l'invite à venir prendre une tasse de lait chez lui, dans son toiton. Ils seront seuls. Il se peut qu'un rat s'aventure hors du mur, mais Poil de Carotte ne promet que la tasse de lait. Il l'a posée dans un coin. Il y pousse le chat et dit : « Régale-toi. » Il lui flatte l'échine, lui donne des noms tendres, observe ses vifs coups de langue, puis s'attendrit.

« Pauvre vieux, jouis de ton reste. »

Le chat vide la tasse, nettoie le fond, essuie le bord, et il ne lèche plus que ses lèvres sucrées.

« As-tu fini, bien fini ? demande Poil de Carotte qui le caresse toujours. Sans doute, tu boirais volontiers une autre tasse ; mais je n'ai pu voler que celle-là. D'ailleurs, un peu plus tôt, un peu plus tard !… »

À ces mots, il lui applique au front le canon de sa carabine et fait feu.

La détonation étourdit Poil de Carotte. Il croit que le toiton même a sauté, et quand le nuage se dissipe il voit, à ses pieds, le chat qui le regarde d'un œil.

JULES RENARD, *Poil de Carotte.*

C'était une impulsion qui me ramenait en arrière dans le temps, à mes années d'enfance, à la seule circonstance de ma vie où j'eusse été sciemment cruel. En ces années-là, je possédais un gros chat d'Espagne, gris et noir, auquel j'étais très attaché, mais avec lequel il m'arrivait souvent de m'ennuyer, surtout quand j'avais épuisé les quelques jeux et les rares preuves d'intelligence dont la petite bête était capable. L'ennui m'inspira un jour un sentiment de cruauté et celui-ci, à son tour, le jeu suivant : je mis dans une assiette quelques petits poissons crus dont je savais le chat très friand et plaçai l'assiette dans un angle de la pièce. Puis, j'allai prendre le chat et, après lui avoir fait sentir le poisson, le portai dans l'angle opposé et le laissai aller. Le chat s'élança aussitôt en direction de l'assiette avec dans tout son corps, du bout de la queue au bout de son nez, une expression de joie et d'avidité ; mais à peine était-il arrivé au milieu de sa course que je me précipitai pour le saisir brusquement par le cou et le ramener à son point de départ. Je répétai ce jeu, si je puis l'appeler ainsi, plusieurs fois de suite et chaque fois le chat s'apercevait un peu plus qu'il était victime d'une mystérieuse malchance et modifiait son comportement en conséquence. Dans ses premiers bonds, il s'était montré violent, avide, sûr de lui ; mais il se fit plus circonspect, espérant échapper à ma surveillance et peut-être se rendre invisible en rampant presque sur le sol et remuant ses pattes avec prudence. À la fin, le pauvre matou se bornait à esquisser un léger mouvement en avant dans la direction de l'assiette ; tentative à la fois fourbe et rusée de se soumettre sans trop de peine à la persistance de ma cruelle volonté. Puis brusquement tout changea : le chat parla. Je veux dire que, tournant la tête et me regardant dans les yeux, il émit un long miaulement expressif, en même temps pathétique et raisonnable, qui paraissait dire : « Pourquoi fais-tu cela ? Pourquoi fais-tu cela ? » Ce miaulement si explicite et si éloquent eut le pouvoir de me rendre instantanément honteux de moi-même. Je crois que j'allai jusqu'à en rougir. Je pris le chat dans mes bras, le portai moi-même devant l'assiette et le laissai manger en paix ses petits poissons.

ALBERTO MORAVIA, *L'Ennui.*

À propos de sa chatte Éponine,
chatte très particulière…

La gentille Éponine a donné tant de preuves d'intelligence, de bon caractère et de sociabilité qu'elle a été élevée d'un commun accord à la dignité de *personne*, car une raison supérieure à l'instinct la gouverne évidemment. Cette dignité lui confère le droit de manger à table comme une personne et non dans un coin, à terre, sur une soucoupe, comme une bête. Éponine a donc sa chaise à côté de nous au déjeuner et au dîner ; mais, vu sa taille, on lui a concédé de poser sur le bord de la table ses deux pattes de devant. Elle a son couvert, sans fourchette ni cuiller, mais avec son verre ; elle suit tout le dîner plat par plat, depuis la soupe jusqu'au dessert, attendant son tour d'être servie et se comportant avec une décence et une sagesse qu'on souhaiterait à beaucoup d'enfants. Au premier tintement de cloche, elle arrive ; et quand on entre dans la salle à manger on la trouve déjà à son poste, debout sur sa chaise et les pattes appuyées au rebord de la nappe, qui vous présente son petit front à baiser, comme une demoiselle bien élevée et d'une politesse affectueuse envers les parents et les gens âgés.

On trouve des pailles au diamant, des taches au soleil, des ombres légères à la perfection même. Éponine, il faut l'avouer, a un goût passionné pour le poisson ; ce goût lui est commun avec tous les chats. […]

Le poisson lui cause une espèce de délire et, comme les enfants qu'enivre l'espoir du dessert, quelquefois elle rechigne à manger sa soupe, quand les notes préalables qu'elle a prises à la cuisine lui font savoir que la marée est arrivée. [...] Alors on ne la sert pas, et on lui dit d'un air froid : « Non, Mademoiselle, une *personne* qui n'a pas faim pour la soupe ne doit pas avoir faim pour le poisson », et le plat lui passe impitoyablement sous le nez. Bien convaincue que la chose est sérieuse, la gourmande Éponine avale son potage en toute hâte, lèche la dernière goutte de bouillon, nettoie la moindre miette de pain ou de pâtes d'Italie, puis elle se retourne vers nous et nous regarde d'un air fier, comme quelqu'un qui est désormais sans reproche, ayant accompli consciencieusement son devoir. On lui délivre sa part, qu'elle expédie avec les signes d'une satisfaction extrême ; puis, ayant tâté de tous les plats, elle termine en buvant le tiers d'un verre d'eau.

THÉOPHILE GAUTIER, *Ménagerie intime.*

Tarrou semblait ensuite avoir été favorablement impressionné par une scène qui se déroulait souvent au balcon qui faisait face à sa fenêtre. Sa chambre donnait en effet sur une petite rue transversale où des chats dormaient à l'ombre des murs. Mais tous les jours, après déjeuner, aux heures où la ville tout entière somnolait dans la chaleur, un petit vieux apparaissait sur un balcon de l'autre côté de la rue. Les cheveux blancs et bien peignés, droit et sévère dans ses vêtements de coupe militaire, il appelait les chats d'un « Minet, minet » à la fois distant et doux. Les chats levaient leurs yeux pâles de sommeil, sans encore se déranger. L'autre déchirait de petits bouts de papier au-dessus de la rue et les bêtes, attirées par cette pluie de papillons blancs, avançaient au milieu de la chaussée, tendant une patte hésitante vers les derniers morceaux de papier. Le petit vieux crachait alors sur les chats avec force et précision. Si l'un des crachats atteignait son but, il riait.

ALBERT CAMUS, *La Peste.*

Goinfre, gloutonne, goulue, angelot vorace. Flaire les aliments avec méfiance et dédain puis les dévore et en réclame encore. Passionnée par tout ce qui est comestible : parcelles de melon, rondelles de banane, fragments de pomme de terre, tout y passe. A une prédilection pour le camembert qu'elle mâchonne comme du chewing-gum. Si j'ai le malheur de manger quoi que ce soit sans lui en offrir, la bambine ouvre une gueule-de-loup rouge et profonde munie d'étamines acérées. De ce calice de fleur jaillissent des vociférations. La mignonne ferme les yeux pour crier plus fort. Elle hurle aussi de fureur quand on est resté longtemps sans la câliner. Elle est à croquer, formule évoquant notre passé anthropophage.

BÉATRIX BECK, *L'Enfant Chat.*

Le chien, d'un coup de gosier, avait bu le morceau de biscuit que Pauline lui tendait ; et il replaçait sa tête sur le petit genou, il demandait un autre morceau, les yeux toujours dans les yeux de sa nouvelle amie. Elle riait, le baisait, le trouvait bien drôle, les oreilles rabattues, une tape noire sur l'œil gauche, la seule tache qui marquât sa robe blanche, aux longs poils frisés. Mais il y eut un incident : la Minouche, jalouse, venait de sauter légèrement au bord de la table ; et ronronnante, l'échine souple, avec des grâces de jeune chèvre, elle donnait de grands coups de tête dans le menton de l'enfant. C'était sa façon de se caresser, on sentait son nez froid et l'effleurement de ses dents pointues, tandis qu'elle dansait sur ses pattes, comme un mitron pétrissant la pâte. Alors, Pauline fut enchantée, entre les deux bêtes, la chatte à gauche, le chien à droite, envahie par eux, exploitée indignement, jusqu'à leur distribuer tout son dessert.

« Renvoie-les donc, lui dit sa tante. Ils ne te laisseront rien.

– Qu'est-ce que ça fait ? » répondit-elle simplement, dans son bonheur de se dépouiller.

On avait fini. Véronique ôtait le couvert. Les deux bêtes, voyant la table nette, s'en allèrent sans dire merci, en se léchant une dernière fois.

ÉMILE ZOLA, *La Joie de vivre.*

Hâtez-vous d'ouïr et d'entendre ; car ceci fut, arriva, devint et survint, ô Mieux-Aimée, au temps où les bêtes apprivoisées étaient encore sauvages. Le Chien était sauvage, et le Cheval était sauvage, et la Vache était sauvage, et le Cochon était sauvage – et ils se promenaient par les chemins mouillés du bois sauvage, tous sauvages et solitairement. Mais le plus sauvage de tous était le Chat. Il se promenait seul et tous les lieux se valaient pour lui.

RUDYARD KIPLING, *Histoires comme ça*,
« Le Chat qui s'en va tout seul ».

Tout en progressant lentement sur le talus, m'accrochant aux herbes et aux branches, je les entendais rire et s'éclabousser déjà un peu plus loin. Arrivée en bas, dans le pré, je soufflai sagement un instant, assise dans l'herbe. J'allais me remettre en marche quand je crus entendre un léger, un frêle miaulement. Je restai un moment immobile. Rien. Puis, au moment où j'allais repartir, cela reprit, très faiblement. Une plainte à peine audible qui provenait de la haie qui bordait le pré, une dizaine de mètres plus loin.

Je m'approchai et, pour la première fois depuis trois ans, je me risquai à « parler chat ». Je miaulai et déclenchai en retour une série de plaintes beaucoup plus fortes et précises, mais je ne pouvais m'avancer plus ni rien voir car ces haies bocagères, quand elles ne sont pas entretenues, deviennent des ronciers inextricables de plusieurs mètres de large. Et les miaulements désespérés n'en finissaient pas. Sentant quelqu'un à l'écoute, on criait carrément « Au secours » là-dessous.

Puis enfin, après un bon moment, une petite tête apparut. Mais j'eus à peine le temps d'entrevoir une minuscule chose noiraude qu'elle disparut de nouveau, terrorisée. J'attendis un bon moment, je tentai d'apaiser sa frayeur par la voix. La petite chose réapparut un instant et se sauva de nouveau dès qu'elle me vit bouger un doigt. Et, de l'intérieur du fourré, les plaintes faibles et déchirantes continuaient.

Je peux avoir toutes les patiences en ces circonstances mais tout de même, au bout de quatre ou cinq apparitions suivies d'une fuite immédiate, je me lassai et me remis en route pour rejoindre les autres qui avaient descendu le cours de la rivière. J'entendais les enfants rire et crier joyeusement plus loin… Tant pis. Je m'éloignai, marchant à l'ombre, le long de la haie. Les miaulements avaient cessé instantanément dès que je m'étais mise en marche. J'avais fait une dizaine de pas quand j'entendis un bruissement, de faibles craquements venant du roncier. Je m'arrêtai, cela s'arrêta. Je repartis, cela recommença. Un froissement là-dessous qui progressait en même temps que moi. Puis un miaulement minuscule me prouva que la petite bête me suivait, frayant son chemin sans doute difficilement mais obstinément à travers les ronces.

La petite chose fit ainsi une cinquantaine de mètres, toute la longueur de la haie, à ma suite. J'avais ralenti ma marche pour ne pas trop la devancer, mais arriva la fin de la haie et, le ruisseau bifurquant en coude un peu plus loin de l'autre côté du pré, je devais m'en éloigner pour rejoindre mes amis et mon fils. Après une dernière et vaine tentative pour apaiser sa peur et l'attirer hors du fourré, je laissais là « la chose », sachant déjà que je reviendrais tout à l'heure, et certaine que je la retrouverais au même endroit. Elle m'avait suivie, son miaulement était un véritable appel même si elle ne se montrait pas. J'étais touchée et conquise sans l'avoir vraiment vue.

Un peu plus tard, tout le monde ayant gaiement déjeuné sur l'herbe, les adultes somnolaient sous un arbre, les enfants collectionnaient des cailloux, gazouillant au bord d'une flaque. Je prévins que j'allais un peu plus loin et laissai derrière moi cette oisiveté chantante et tranquille pour traverser le pré et retourner au bout de la haie.

Un petit miaulement m'accueillit… Je m'assis commodément sur une pierre qui se trouvait là car je savais que j'attendrais un bon moment, immobile. La petite bête continuait à appeler, je répondais par intervalles, mais elle n'osait toujours pas se montrer. Cela prit, sans mentir, une bonne heure. Puis elle apparut, très doucement. Je ne bougeai pas, bien sûr. Après une sortie timide, elle s'enfuit de nouveau, puis elle s'avança un peu plus près et retourna se cacher. Je n'ai pas remué un doigt jusqu'à ce qu'elle soit à mes pieds.

C'était un tout petit chat noir, d'une maigreur effrayante. Il avait dû être attaqué par un renard ou un chien car un croc lui avait percé l'oreille et du sang avait collé ses poils sur le côté de sa tête. Cette petite bête était vraiment pitoyable, tenant à peine sur ses pattes, pas très agréable à regarder avec son poil miteux et sa maigreur. Elle n'était que peur et faiblesse.

Je laissai doucement tomber ma main jusqu'à terre. Cela déclencha une nouvelle crise de panique mais elle fut de courte durée. Elle revint vite vers cette main, monta presque dans ma paume avec des miaulements suppliants et je n'eus qu'à la glisser sous son ventre, sans qu'elle résiste, pour l'amener dans mes bras.

Là, elle fit quelque chose d'incroyable. Ce fut si rapide et précis, et surprenant, que je me souviens encore du petit choc que j'ai éprouvé. Arrivé à la hauteur de ma poitrine, le petit chat se jeta littéralement contre moi, s'y plaqua de tout son long, et avec une sorte de frénésie rampa jusqu'à atteindre le creux de mon coude, y enfouit presque entièrement la tête, et ainsi aplati, collé contre moi, il ne bougea plus du tout. Ce fut si soudain, si péremptoire, que son mouvement m'avait totalement surprise, et ma surprise augmenta encore en voyant qu'une complète immobilité pouvait suivre immédiatement une si grande terreur.

Quand je me levai, il s'enfouit un peu plus profondément sous mon bras, rampant jusqu'à mon aisselle, et je pensai que sa chaleur devait lui rappeler le ventre moelleux de sa mère, dont on l'avait peut-être arraché pour le jeter dans la rivière. […]

Je sentais son émotion d'être là, à l'abri. Et moi, très confusément, je comprenais que j'avais attendu quelque chose comme ça depuis trois ans.

ANNY DUPEREY, *Les Chats de hasard.*

C'est un chat de fortune

Pauvre chat de gouttière
M'ayant apprivoisé

Il ne m'enseigne pas
Que de bonnes manières
Pour être un brave chat

Il préfère la rue pour s'aiguiser les griffes
Il a pour compagnons de louches congénères
Miaulant des injures
Aux chats des beaux quartiers
Qui se battent entre eux
Dans le fond des poubelles
Et s'y blottissent quand
Les nuits sont trop cruelles

Il m'emmène parfois au faîte d'un pignon
Pour avoir, me dit-il,
Le cœur près des étoiles, marauder sans espoir
L'autre côté de la lune
Être les rois d'un soir
Sur les toits de la ville…

Pauvre chat de gouttière
Chat de moindre fortune
Tu m'as donné la clé d'un monde sans lumière.

MARCEL BRÉCHET, *Vagabondages.*

La Java des Pussy-Cats

Sur un vieux toit en zingue
Y avait des pussy-cats
Qui dansaient comme des dingues
En f'sant du bruit avec leurs pattes

Alertés, les voisingues,
S'écriaient ça n'a rien d'bath
Y a d'quoi dev'nir sourdingue
On peut plus travailler ses maths

Le matou du marchand d'volailles
Une sardine en bandoulière
Avait enlacé par la taille
La chatte de la cuisinière

Chacun faisait du gringue
À la siamoise de l'épicier
C'était un vrai dancingue
À tout l'monde ils cassaient les pieds

Au bout d'une demi-plombe
Écœurés par ce raffut
Les flics s'amènent en trombe
En faisant tourner leurs massues

Et c'est une hécatombe
Les ardoises volent en éclats
On aurait cru des bombes
Mais y avait déjà plus un chat

Réfugiés au fond d'une cave
Les pussy-cats pas dégonflés
Sirotant d'l'alcool de betterave
S'étaient remis à gambiller

Toute la nuit ils dansèrent
En usant des kilos d'savates
Pour leur anniversaire
La java des pussy-cats

BORIS VIAN.

Le Chat et le Renard

Le chat et le renard, comme beaux petits saints,
S'en allaient en pèlerinage.
C'étaient deux vrais tartufs, deux archipatelins,
Deux francs pattes-pelus qui, des frais du voyage,
Croquant mainte volaille, escroquant maint fromage,
S'indemnisaient à qui mieux mieux.
Le chemin étant long, et partant ennuyeux,
Pour l'accourcir ils disputèrent.
La dispute est d'un grand secours :
Sans elle on dormirait toujours.
Nos pèlerins s'égosillèrent.
Ayant bien disputé, l'on parla du prochain.
Le renard au chat dit enfin :
« Tu prétends être fort habile,
En sais-tu autant que moi ? J'ai cent ruses au sac.
– Non, dit l'autre : je n'ai qu'un tour dans mon bissac,
Mais je soutiens qu'il en vaut mille. »
Eux de recommencer la dispute à l'envi.
Sur le que si, que non, tous deux étant ainsi,
Une meute apaisa la noise.
Le chat dit au renard : « Fouille en ton sac, ami ;
Cherche en ta cervelle matoise
Un stratagème sûr ; pour moi, voici le mien. »
À ces mots, sur un arbre il grimpa bel et bien.
L'autre fit cent tours inutiles,
Entra dans cent terriers, mit cent fois en défaut
Tous les confrères de Brifaut,
Partout il tenta des asiles ;
Et ce fut partout sans succès ;
La fumée y pourvut, ainsi que les bassets.

Au sortir d'un terrier, deux chiens aux pieds agiles
L'étranglèrent du premier bond.

Le trop d'expédients peut gâter une affaire :
On perd du temps au choix, on tente, on veut tout faire.
N'en ayons qu'un, mais qu'il soit bon.

JEAN DE LA FONTAINE, *Fables.*

Yeux d'agate sous la Lune

Elle de s'allonger et de m'hypnotiser. Je me perdais dans la contemplation de ses yeux en amande et finement soulignés de noir puis cerclés d'un trait. Au-dessous de chaque œil, une tache sombre s'étalait comme une brosse. Des yeux verts, si verts ; mais dans l'ombre, d'un or sombre et fumé – une chatte aux yeux ténébreux. Et à la lumière, d'un vert et d'une fraîcheur d'émeraude. Derrière les globes transparents de la pupille, des tranches d'ailes de papillon veinées et resplendissantes. Des ailes comme des joyaux – l'essence même de l'aile.

DORIS LESSING, *Les Chats en particulier.*

Le Chat

Viens, mon beau chat, sur mon cœur amoureux,
Retiens les griffes de ta patte,
Et laisse-moi plonger dans tes beaux yeux,
Mêlés de métal et d'agate.

Lorsque mes doigts caressent à loisir
Ta tête et ton dos élastique,
Et que ma main s'enivre du plaisir
De palper ton corps électrique,

Je vois ma femme en esprit. Son regard,
Comme le tien, aimable bête,
Profond et froid, coupe et fend comme un dard,

Et, des pieds jusques à la tête,
Un air subtil, un dangereux parfum
Nagent autour de son corps brun.

CHARLES BAUDELAIRE, *Les Fleurs du Mal*,
« Spleen et Idéal », XXXIV.

À la mémoire d'une chatte naine que j'avais

Ô mon beau chat frileux, quand l'automne morose
Faisait glapir plus fort les mômes dans les cours,
Combien passâmes-nous de ces spleeniques jours
À rêver face à face en ma chambre bien close.

Lissant ton poil soyeux de ta langue âpre et rose
Trop grave pour les jeux d'autrefois et les tours,
Lentement tu venais de ton pas de velours
Devant moi t'allonger en quelque noble pose.

Et je songeais, perdu dans tes prunelles d'or
– Il ne soupçonne rien, non, du globe stupide
Qui l'emporte avec moi tout au travers du Vide,

Rien des Astres lointains, des Dieux ni de la Mort ?
Pourtant !… quels yeux profonds !… parfois… Il m'intimide
Saurait-il donc le mot ? – Non, c'est le Sphinx encore.

JULES LAFORGUE, *Le Sphinx.*

La mélancolie,
C'est un chat perdu
Qu'on croit retrouvé.

Léo Ferré, *La Mélancolie.*

Apparition au clair de lune

Hier soir, je marchais, faible et mélancolique,
Rafraîchi par la brise, et goûtant sa douceur.
J'écoutais des oiseaux s'éteindre la musique,
Et laissais sourdre en moi les plaintes de mon cœur.

Interrompant mes pas, j'entendis dans les herbes
Un petit bruissement sourd, discret, qui faisait
Chanter la mousse fraîche et frissonner les gerbes ;
Attentif à ce bruit, le jardin se taisait.

Après quelques instants, je tournai mon visage
Vers l'intrus qui osait troubler la paix du soir.
Oh ! Que je fus ravi ! Et quelle belle image
S'offrit à mon regard : un pelage tout noir,

Sauvage et ravissant revêtait une chatte
Aux yeux bleus profonds scintillants dans la nuit,
Et qui me fascinaient de leurs reflets d'agate.
Elle me regardait, sans murmure et sans bruit.

Ému et transporté, je m'avançai près d'elle,
Puis je la caressai ; et son tout petit cœur
Palpitant sous sa robe élégante, et si belle,
Sautait, cabriolait, frémissait de bonheur.

Après ces tendres jeux, nous marchâmes ensemble
En humant l'air du soir, en contemplant les cieux.
Ah ! Je l'entends encore qui ronronne et qui tremble.
Son beau charme félin, son air mystérieux,

Tous ses traits à jamais sont gravés dans mon âme.
Longtemps je garderai le tendre souvenir
De sa douce fourrure et de ses yeux de flamme,
Rien, pas même le temps, ne pourra les ternir…

EMMANUEL-HENRI GAUDICOUR, *La Mort du jour.*

Le chat représente la lune à cause de la variété de son pelage, de son activité pendant la nuit, et de sa fécondité. On dit, en effet, que cet animal fait d'abord un petit, puis deux, puis trois, puis quatre, puis cinq, et ainsi jusqu'à sept à la fois, de sorte qu'en tout, il va jusqu'à vingt-huit, nombre égal à celui des jours de la lune. Ceci d'ailleurs ne peut bien être qu'une fable. Mais il paraît toutefois que dans les yeux du chat, les prunelles s'emplissent et se dilatent à la pleine lune, tandis qu'elles se contractent au décours de cet astre.

PLUTARQUE, *Isis et Osiris,*
Le Chat et la Lune.

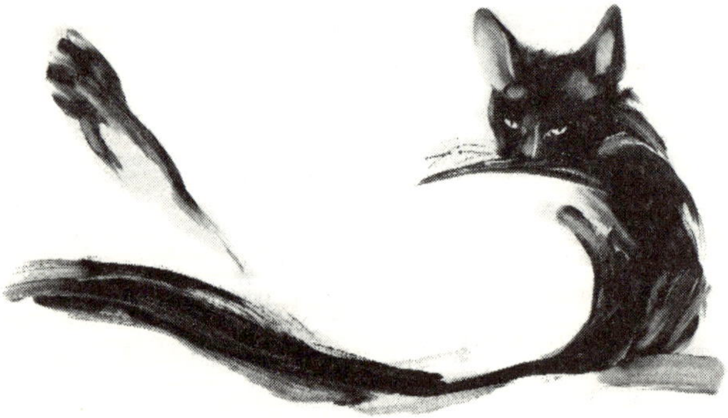

Le chat allait de-ci de-là
Et la lune tournait telle une toupie,
Et le plus proche parent de la lune,
Le chat qui rampe, leva les yeux.
Le noir Minnaloushe regarda fixement la lune,
Car il avait beau errer et gémir,
La lumière froide et pure dans le ciel
Troublait son sang animal.
[…]
Minnaloushe rampe dans l'herbe
De tache de lune en tache de lune.
La lune sacrée tout là-haut
Est entrée dans une phase nouvelle.
Minnaloushe sait-il que ses prunelles
Changent et se transforment,
S'arrondissent puis décroissent,
Décroissent puis s'arrondissent ?
Minnaloushe se glisse dans l'herbe
Seul, important et sage,
Et lève vers la lune changeante
Ses yeux changeants.

WILLIAM BUTLER YEATS, *Le Frémissement du voile.*

Son poil a senti passer l'ombre d'un oiseau ! […] Elle a ouvert trop vite ses yeux japonais, d'un vert qui met l'eau sous la langue. Elle a l'air bête comme une jeune fille très jolie […] Quelque chose […] noircit le vert acide de ses prunelles… Du fond du bois où la nuit massive est descendue d'un bloc, par-dessus l'or immobile des treilles, à travers tous les bruits familiers, n'a-t-elle pas entendu venir jusqu'à elle, traînant, sauvage, musical, insidieux – l'Appel du Matou ?

COLETTE, *Les Vrilles de la vigne.*

Noir

Noir dans le noir. Plus noir que le noir. Plus noir que le combat de nègres à minuit dans une cave. Je n'ai pas besoin, pour disparaître, de me cacher ; je cesse seulement d'exister, et j'éteins mes phares. Mais je fais mieux encore. Je dépose mes deux phares d'or au ras du tapis, flottants dans l'air, visibles et insaisissables, et je m'en vais à mes affaires…

C'est de la magie ? Mais bien sûr. Croyez-vous qu'on soit noir à ce point, sans être sorcier ?

COLETTE, *Autres Bêtes,* « Chats de Paris ».

Un autre jour, la jeune femme eut une idée bizarre. Parfois, elle était comme folle, elle délirait.

Le chat tigré, François, était assis sur son derrière, au beau milieu de la chambre. Grave, immobile, il regardait de ses yeux ronds les deux amants. Il semblait les examiner avec soin, sans cligner des paupières, perdu dans une sorte d'extase diabolique.

« Regarde donc François, dit Thérèse à Laurent, on dirait qu'il comprend et qu'il va ce soir tout conter à Camille… Dis, ce serait drôle, s'il se mettait à parler dans la boutique, un de ces jours ; il sait de belles histoires sur notre compte… »

Cette idée que François pourrait parler amusa singulièrement la jeune femme. Laurent regarda les grands yeux verts du chat, et sentit un frisson lui courir sur la peau.

« Voici comment il ferait, reprit Thérèse, il se mettrait debout et, me montrant d'une patte, te montrant de l'autre, il s'écrierait : "Monsieur et madame s'embrassent très fort dans la chambre ; ils ne se sont pas méfiés de moi, mais comme leurs amours criminelles me dégoûtent, je vous prie de les faire mettre en prison tous les deux ; ils ne troubleront plus ma sieste." »

Thérèse plaisantait comme une enfant, elle mimait le chat, elle allongeait les mains en façon de griffes, elle donnait à ses épaules des ondulations félines. François, gardant une immobilité de pierre, la contemplait toujours ; ses yeux seuls paraissaient vivants ; et il y avait, dans les coins de sa gueule, deux plis profonds qui faisaient éclater de rire cette tête d'animal empaillé.

ÉMILE ZOLA, *Thérèse Raquin.*

Le Chat noir

Un fantôme c'est encore comme un lieu
Où ton regard se heurte en produisant un son ;
Mais là sur ce pelage noir
Ton regard le plus fort se dissous :

Comme le fou furieux qui au plus profond
De la rage trépigne dans le noir, tout d'un coup
Dans les capitons dépossédants
D'une cellule cesse et s'évapore.

Tous les regards qui jamais l'atteignirent,
Il semble donc en soi les receler,
Pour en faire frémir, menaçant, hérissé,
Sa paupière qu'il ferme, et dormir avec eux.
Puis cependant, soudain, comme éveillé, il tourne
La tête et plonge son visage dans le tien :
Et tu retrouves là, imprévu, ton regard
Dans l'ambre jaune des cailloux
Ronds de ses yeux : prisonnier,
Comme un insecte mort depuis la nuit des temps.

RAINER MARIA RILKE, *Nouveaux Poèmes.*

Jadis, les chats dont on n'avait point coupé le bout de la queue avaient coutume de s'assembler à jour fixe. Ils délibéraient, graves comme des prêtres à l'église et personne n'aurait osé passer près d'eux et encore moins les déranger quand ils tenaient leurs réunions plénières. On racontait à la veillée d'étranges et effrayantes histoires où il était arrivé malheur à des gens assez audacieux ou assez fous pour avoir voulu se mêler à leur société : les uns étaient morts subitement, d'autres avaient été si terrifiés de voir tous les chats darder vers eux leurs prunelles brillantes comme des charbons ardents et les regarder d'un air irrité que leurs cheveux étaient devenus blancs en une nuit, et ils tremblaient encore rien qu'en pensant aux assemblées nocturnes des matous.

Jean Foucault s'en revenait par une belle nuit de la foire. Il était tout joyeux et marchait gaiement en chantant à tue-tête, lorsqu'il aperçut tout à coup une nombreuse réunion de chats rangés autour d'une croix de pierre. Il y en avait de toutes les grosseurs, et de toutes les couleurs ; à la vue de tous ces matous, la voix du chanteur s'étrangla dans son gosier, et il se mit à trembler comme un bonhomme qui a les fièvres, car les chats poussaient des miaulements irrités, voûtaient leur dos souple où le poil se hérissait, redressaient leur queue et le regardaient avec des yeux qui luisaient dans la nuit.

Sa terreur augmenta encore lorsqu'il vit le plus gros de la bande courir vers lui : il ferma les yeux, s'attendant à être mis en pièces, et récita son acte de contrition. Mais, au lieu de sentir les griffes du chat s'enfoncer dans sa chair, il s'aperçut que l'animal se frottait le long de ses jambes en faisant un ronron joyeux comme s'il avait eu envie d'être caressé. Jean Foucault ouvrit les yeux et reconnut son propre chat qui se mit à marcher devant lui, et qui tantôt le précédait, tantôt revenait vers lui et le caressait avec sa queue.

Jean Foucault arriva avec son conducteur à l'endroit où était l'assemblée, les matous étaient assis tranquillement, car le chat avait dit à haute voix à ses confrères : « Laissez passer Jean Foucault. »

PAUL SÉBILLOT, *Contes populaires de la Haute-Bretagne*, « Le Sabbat ».

Le Chat

Pour ne poser qu'un doigt dessus
Le chat est bien trop grosse bête.
Sa queue rejoint sa tête,
Il tourne dans ce cercle
Et se répond à la caresse.

Mais la nuit l'homme voit ses yeux
Dont la pâleur est le seul don.
Ils sont trop gros pour qu'il les cache
Et trop lourds pour le vent perdu du rêve.

Quand le chat danse
C'est pour isoler sa prison
Et quand il pense
C'est jusqu'au mur de ses yeux.

PAUL ÉLUARD, *Les Animaux et leurs Hommes,*
les hommes et leurs animaux.

Au commencement, Dieu créa le chat à son image. Et bien entendu il trouva que c'était bien. Et c'était bien d'ailleurs. Mais le chat était paresseux. Il ne voulait rien faire. Alors plus tard, après quelques millénaires, Dieu créa l'homme. Uniquement dans le but de servir le chat, de lui servir d'esclave jusqu'à la fin des temps. Au chat, il avait donné l'indolence et la lucidité ; à l'homme il donna la névrose, le don du bricolage et la passion du travail. L'homme s'en donna à cœur joie. Au cours des siècles, il édifia toute une civilisation basée sur l'invention, la production et la consommation intensive. Civilisation qui n'avait en réalité qu'un seul but secret : offrir au chat le confort, le gîte et le couvert.

C'est-à-dire que l'homme inventa des millions d'objets inutiles, généralement absurdes, tout cela pour produire, parallèlement, les quelques objets indispensables au bien-être du chat : le radiateur, le coussin, le bol, le plat à cuire, le pêcheur breton, le tapis, la moquette, le panier d'osier et aussi peut-être la radio puisque les chats aiment la musique.

Mais de tout cela les hommes ne savent rien. À leurs souhaits. Bénis soient-ils. Et ils croient l'être. Tout est pour le mieux dans le meilleur des mondes des chats.

JACQUES STERNBERG, *Contes glacés.*

Chatte blanche, chatte sans tache,
Je te demande, dans ces vers,
Quel secret dort dans tes yeux verts,
Quel sarcasme sous ta moustache.

Tu nous lorgnes, pensant tout bas
Que nos fronts pâles, que nos lèvres
Déteintes en de folles fièvres,
Que nos yeux creux ne valent pas

Ton museau que ton nez termine,
Rose comme un bouton de sein,
Tes oreilles dont le dessin
Couronne fièrement ta mine.

Pourquoi cette sérénité ?
Aurais-tu la clé des problèmes
Qui nous font, frissonnants et blêmes,
Passer le printemps et l'été ?

Devant la mort qui nous menace,
Chats et gens, ton flair, plus subtil
Que notre savoir, te dit-il
Où va la beauté qui s'efface,

Où va la pensée, où s'en vont
Les défuntes splendeurs charnelles ?
Chatte, détourne tes prunelles ;
J'y trouve trop de noir au fond.

CHARLES CROS, *Le Coffret de santal,* « À une chatte ».

Ce chat était un animal remarquablement fort et beau, entièrement noir, et d'une sagacité merveilleuse. En parlant de son intelligence, ma femme, qui au fond n'était pas peu pénétrée de superstition, faisait de fréquentes allusions à l'ancienne croyance populaire qui regardait tous les chats noirs comme des sorcières déguisées. Ce n'est pas qu'elle fût toujours sérieuse sur ce point, – et, si je mentionne la chose, c'est simplement parce que cela me revient, en ce moment même, à la mémoire.

Pluton, – c'était le nom du chat, – était mon préféré, mon camarade. Moi seul, je le nourrissais, et il me suivait dans la maison partout où j'allais. Ce n'était même pas sans peine que je parvenais à l'empêcher de me suivre dans les rues.

Notre amitié subsista ainsi plusieurs années, durant lesquelles l'ensemble de mon caractère et de mon tempérament, – par l'opération du démon Intempérance, je rougis de le confesser, – subit une altération, radicalement mauvaise. Je devins de jour en jour plus morne, plus irritable, plus insoucieux des sentiments des autres. Je me permis d'employer un langage brutal à l'égard de ma femme. À la longue, je lui infligeai même des violences personnelles. Mes pauvres favoris, naturellement, durent ressentir le changement de mon caractère.

Non seulement je les négligeais, mais je les maltraitais. Quant à Pluton, toutefois, j'avais encore une considération suffisante qui m'empêchait de le malmener, tandis que je n'éprouvais aucun scrupule à maltraiter les lapins, le singe et même le chien, quand, par hasard ou par amitié, ils se jetaient dans mon chemin. Mais mon mal m'envahissait de plus en plus, – car quel mal est comparable à l'Alcool ! – et à la longue Pluton lui-même, qui maintenant se faisait vieux et qui naturellement devenait quelque peu maussade, Pluton lui-même commença à connaître les effets de mon méchant caractère.

Une nuit, comme je rentrais au logis très ivre, au sortir d'un de mes repaires habituels des faubourgs, je m'imaginai que le chat évitait ma présence. Je le saisis ; – mais lui, effrayé de ma violence, il me fit à la main une légère blessure avec les dents. Une fureur de démon s'empara soudainement de moi. Je ne me connus plus, mon âme originelle sembla tout d'un coup s'envoler de mon corps, et une méchanceté hyperdiabolique, saturée de gin, pénétra chaque fibre de mon être. Je tirai de la poche de mon gilet un canif, je l'ouvris ; je fis sauter un de ses yeux de son orbite ! Je rougis, je brûle, je frissonne en écrivant cette damnable atrocité !

Quand la raison me revint avec le matin, – quand j'eus cuvé les vapeurs de ma débauche nocturne, – j'éprouvai un sentiment moitié d'horreur, moitié de remords, pour le crime dont je m'étais rendu coupable ; mais c'était tout au plus un faible et équivoque sentiment, l'âme n'en subit pas les atteintes. Je me replongeai dans les excès, bientôt je noyai dans le vin tout le souvenir de mon action.

Cependant, le chat guérit lentement. L'orbite de l'œil perdu présentait, il est vrai, un aspect effrayant, mais il n'en parut plus souffrir désormais. Il allait et venait dans la maison selon son habitude ; mais, comme je devais m'y attendre, il fuyait avec une extrême terreur à mon approche. Il me restait assez de mon ancien cœur pour me sentir d'abord affligé de cette évidente antipathie de la part d'une créature qui jadis m'avait tant aimé. Mais ce sentiment fit bientôt place à l'irritation. Et alors apparut, comme pour ma chute finale et irrévocable, l'esprit de PERVERSITÉ [...] – une des indivisibles premières facultés, ou sentiments, qui donnent la direction au caractère de l'homme. Qui ne s'est pas surpris cent fois commettant une action sotte ou vile, par la seule raison qu'il savait devoir ne pas la commettre ?

Un matin, de sang-froid, je glissai un nœud coulant autour de son cou, et je le pendis à la branche d'un arbre ; – je le pendis avec des larmes plein mes yeux, – avec le plus amer remords dans le cœur ; – je le pendis, *parce que* je savais qu'il m'avait aimé, et *parce que* je sentais qu'il ne m'avait donné aucun sujet de colère, – je le pendis, *parce que* je savais qu'en faisant ainsi je commettais un péché, – un péché mortel qui compromettait mon âme immortelle, au point de la placer, – si une telle chose était possible, – même au-delà de la miséricorde infinie du Dieu Très-Miséricordieux et Très-Terrible.

Dans la nuit qui suivit le jour où fut commise cette action cruelle, je fus tiré de mon sommeil par le cri : « Au feu ! » Les rideaux de mon lit étaient en flammes. Toute la maison flambait. Ce ne fut pas sans une grande difficulté que nous échappâmes à l'incendie, – ma femme, un domestique et moi. La destruction fut complète. Toute ma fortune fut engloutie, et je m'abandonnai dès lors au désespoir.

Je ne cherche pas à établir une liaison de cause à effet entre l'atrocité et le désastre, je suis au-dessus de cette faiblesse. Mais je rends compte d'une chaîne de faits, – et je ne veux pas négliger un seul anneau. Le jour qui suivit l'incendie, je visitai les ruines. Les murailles étaient tombées, une seule exceptée. [...]

Autour de ce mur, une foule épaisse était rassemblée, et plusieurs personnes paraissaient en examiner une portion particulière avec une minutieuse et vive attention. Les mots : « Étrange ! Singulier ! » et autres expressions analogues, excitèrent ma curiosité. Je m'approchai, et je vis, semblable à un bas-relief sculpté sur la surface blanche, la figure d'un gigantesque chat. L'image était rendue avec une exactitude vraiment merveilleuse. Il y avait une corde autour du cou de l'animal.

En voyant cette apparition, – car je ne pouvais guère considérer cela que comme une apparition, – mon étonnement et ma terreur furent extrêmes.

Pendant plusieurs mois je ne pus me débarrasser du fantôme du chat ; et durant cette période un demi-sentiment revint dans mon âme, qui paraissait être, mais qui n'était pas le remords. J'allai jusqu'à déplorer la perte de l'animal, et à chercher autour de moi, dans les bouges méprisables que maintenant je fréquentais habituellement, un autre favori de la même espèce et d'une figure à peu près semblable pour le suppléer.

EDGAR ALLAN POE, *Le Chat noir.*

Les chats sont les seuls êtres vivants à se savoir égaux aux hommes. Non pas supérieurs comme le pensaient les anciens Égyptiens, ni inférieurs comme la plupart d'entre nous persistent à le croire. Juste égaux. Tous les chatons naissent en le sachant et les chats, ne se souciant pas de nos hésitations pour l'une ou pour l'autre théorie socio-philosophique – eux qui ont forgé leurs opinions à propos de presque tout il y a plusieurs millions d'années –, ne voient pas de raison à se creuser les méninges avec de telles questions à une date si tardive.

JUDY GARDINER, *Un chat.*

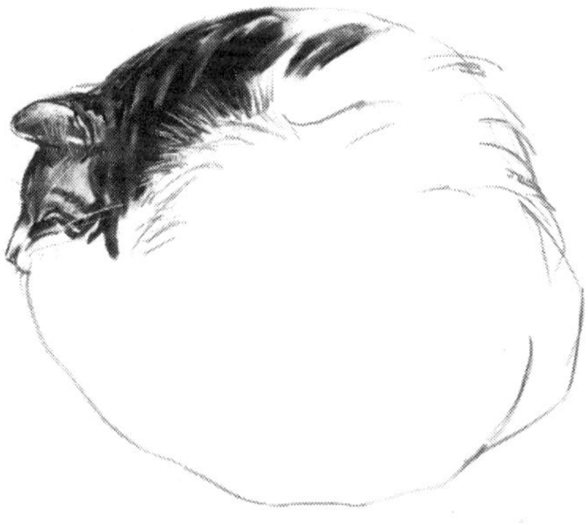

Les Égyptiens tenaient en grande vénération un dieu de la musique et une déesse des amours qui étaient figurés par un corps humain surmonté d'une tête de chat. (Je suis d'ailleurs sûr que les chats aiment la musique et les mathématiques.) À Memphis, une femme avait d'autant plus de titres à la beauté qu'elle ressemblait d'autant plus à une chatte. (Que n'ai-je vécu alors !... Les femmes au nez court et aux yeux félins m'ont toujours plu !) [...] Selon Hérodote, quand un chat venait à mourir dans une maison égyptienne, tous les habitants se rasaient les sourcils en signe de deuil ; le cadavre, embaumé avec des aromates, était déposé dans un petit cercueil reproduisant l'image de l'animal, en bronze ou en bois peint incrusté d'yeux d'émail et parfois d'une plaque d'or. Puis, suivi des premiers magistrats, le corps était conduit et enterré dans un cimetière spécial, où j'ai vu leurs dépouilles, sèches comme de vieux cigares.

C'est ainsi qu'en 1890, on put trouver cent quatre-vingt mille momies de chats. [...] Si quelqu'un venait à tuer un chat, même accidentellement, le peuple égyptien se jetait sur le meurtrier et le faisait mourir dans les supplices. Les Égyptiens craignaient tellement de leur faire du mal que quand le roi perse Cambyse voulut s'emparer de la ville de Péluse, il fit marcher devant ses troupes un peloton de chats et en fit porter un, en guise de bouclier, à chacun de ses officiers et soldats. De peur d'atteindre leurs animaux favoris, les Égyptiens se rendirent sans combattre.

On accordait au chat le don de chasser les serpents, on le parfumait, on le couchait sur des lits de parade et, dans les festins, il occupait les places d'honneur. Chez les Grecs, Homère n'en parle qu'avec les plus grands égards et Corinthe possédait une statue de chat accroupi, en bronze, de la taille de notre lion de Belfort. Les Barbares germains avaient adopté ces félins comme symbole de l'adultère et de la liberté. Pour le Moyen Âge, le chat fut la forme visible du démon et le chat noir, la monture favorite des sorcières ; enfin les Scandinaves en faisaient l'emblème de l'amour. Tout cela, liberté, adultère, péché, amour, magie se tient ; ce sont les faces d'un même mystère. [...]

Mais les vrais sanctuaires de chats, c'est à Paris qu'on les trouve : ce sont les loges des concierges ; dans leur demi-jour, trône un chat coupé, généralement énorme et toujours immobile. En français le mot « chat » est frappé à l'image même de la bête, mou, feutré, ramassé. Paris honore les chats ; cette race féline, la plus nerveuse du globe, si puissamment vitale, électrique, capricieuse et inspirée, organisée pour jouir et souffrir au paroxysme, féminine avant tout, avec la grâce des femmes, leur ressort formidable et leur inouïe résistance à la mort, méritait, bien mieux que la galère insubmersible, d'incarner dans sa totale et plus secrète essence, Paris.

Et moi qui suis né à Paris, je rends un culte aux chats.

PAUL MORAND, *Rond-Point des Champs-Élysées*,
« Voué aux chats ».

L'Âme de la maison

Sonnet

Mon chat, hôte sacré de ma vieille maison,
De ton dos élastique arrondis la souplesse.
Viens te pelotonner sur mes genoux et laisse
Que je passe mes mains dans ta toison.

Ferme à demi, les reins émus d'un long frisson,
Ton œil vert qui me raille et pourtant me caresse,
Ton œil vert, mêlé d'or qui, chargé de paresse,
M'observe, d'ironique et bénigne façon.

Tu n'as jamais connu, philosophe, ô vieux frère,
La fidélité sotte et bruyante du chien.
Tu m'aimes cependant, et mon cœur le sent bien.

Ton amour clairvoyant et peut-être éphémère
Me plaît, et je salue en toi, calme penseur,
Des exquises vertus : scepticisme et douceur.

JULES LEMAÎTRE.

Le Coin du feu

Qu'il gèle ! et qu'à grand bruit, sans relâche la grêle
De grains rebondissants fouette la vitre frêle !
Que la bise d'hiver se fatigue à gémir !
Qu'importe ? N'ai-je pas un feu clair dans mon âtre,
Sur mes genoux un chat qui se joue et folâtre,
Un livre pour veiller, un fauteuil pour dormir ?

THÉOPHILE GAUTIER, *Ménagerie intime.*

Abel me plaçait sur son bureau, devant lui. Bien en face. Je ne bougeais pas. Il n'avait pas à me retenir. J'avais enfin la place de Valentine, c'était important et quel plaisir ! Abel me fixait droit dans les yeux comme s'il avait voulu m'endormir. Il fermait les yeux, je fermais les yeux. Je les rouvrais. Il avait déjà rouvert les siens, l'air guilleret, comme s'il avait réussi un exploit. J'étais tout regard, privilège de chat, et il semblait, dans ces moments-là d'intimité, oublier que j'y voyais aussi bien la nuit et que, même les paupières baissées, il me suffisait de tendre un peu l'oreille pour le voir se réjouir de ce qui aurait pu être un tour et ne l'était pas. Il entreprit, comprenant que je n'étais pas chat à me faire subjuguer de la sorte, de m'enseigner à cligner de l'œil. Un seul œil ? C'était très difficile, je fermais les deux yeux. Il m'expliqua que ça avait été très difficile pour lui aussi, petit, au début. La leçon se terminait toujours par une bise plutôt vive, un baiser à lui du genre rustre. J'aimais. Alors, seul, la nuit, je m'entraînais, sur le lit de la chambre d'amis. Couché, j'y arrivais. Mais debout, pas. Pourtant, au bout de deux semaines, il me fit un clin d'œil et je lui répondis par un clin d'œil. Ce fut et ce sera notre secret. Je n'étais pas un animal de cirque. C'était plus que jamais *lui-et-moi* ou rien.

YVES NAVARRE, *Une vie de chat.*

L'homme est civilisé
dans la mesure où il comprend
le chat.

George Bernard Shaw.

Une tante m'a légué un chat d'Angora qui est bien la bête la plus stupide que je connaisse. Voici ce que mon chat m'a conté, un soir d'hiver, devant les cendres chaudes.

I

J'avais alors deux ans, et j'étais bien le chat le plus gras et le plus naïf qu'on pût voir. À cet âge tendre, je montrais encore toute la présomption d'un animal qui dédaigne les douceurs du foyer. Et pourtant que de remerciements je devais à la Providence pour m'avoir placé chez votre tante ! La brave femme m'adorait. J'avais, au fond d'une armoire, une véritable chambre à coucher, coussin de plume et triple couverture. La nourriture valait le coucher ; jamais de pain, jamais de soupe, rien que de la viande, de la bonne viande saignante.

Eh bien ! au milieu de ces douceurs, je n'avais qu'un désir, qu'un rêve, me glisser par la fenêtre entrouverte et me sauver sur les toits. Les caresses me semblaient fades, la mollesse de mon lit me donnait des nausées, j'étais gras à m'en écœurer moi-même. Et je m'ennuyais tout le long de la journée à être heureux.

Il faut vous dire qu'en allongeant le cou, j'avais vu de la fenêtre le toit d'en face. Quatre chats, ce jour-là, s'y battaient, le poil hérissé, la queue haute, se roulant sur les ardoises bleues, au grand soleil, avec des jurements de joie. Jamais je n'avais contemplé un spectacle si extraordinaire. Dès lors, mes croyances furent fixées. Le véritable bonheur était sur ce toit, derrière cette fenêtre qu'on fermait si soigneusement. Je me donnais pour preuve qu'on fermait ainsi les portes des armoires, derrière lesquelles on cachait la viande.

J'arrêtai le projet de m'enfuir. Il devait y avoir dans la vie autre chose que de la chair saignante. C'était là, l'inconnu, l'idéal. Un jour, on oublia de pousser la fenêtre de la cuisine. Je sautai sur un petit toit qui se trouvait au-dessous.

II

Que les toits étaient beaux ! De larges gouttières les bordaient, exhalant des senteurs délicieuses. Je suivis voluptueusement ces gouttières, où mes pattes enfonçaient dans une boue fine, qui avait une tiédeur et une douceur infinies. Il me semblait que je marchais sur du velours. Et il faisait une bonne chaleur au soleil, une chaleur qui fondait ma graisse.

Je ne vous cacherai pas que je tremblais de tous mes membres. Il y avait de l'épouvante dans ma joie. Je me souviens surtout d'une terrible émotion qui faillit me faire culbuter sur les pavés. Trois chats qui roulèrent du faîte d'une maison, vinrent à moi en miaulant affreusement. Et comme je défaillais, ils me traitèrent de grosse bête, ils me dirent qu'ils miaulaient pour rire. Je me mis à miauler avec eux. C'était charmant. Les gaillards n'avaient pas ma stupide graisse. Ils se moquaient de moi, lorsque je glissais comme une boule sur les plaques de zinc, chauffées par le grand soleil. Un vieux matou de la bande me prit particulièrement en amitié. Il m'offrit de faire mon éducation, ce que j'acceptai avec reconnaissance.

Ah ! que le mou de votre tante était loin ! Je bus aux gouttières, et jamais lait sucré ne m'avait semblé si doux. Tout me parut beau et bon. Une chatte passa ; une ravissante chatte, dont la vue m'emplit d'une émotion inconnue. Mes rêves seuls m'avaient jusque-là montré ces créatures exquises dont l'échine a d'adorables souplesses. Nous nous précipitâmes à la rencontre de la nouvelle venue, mes trois compagnons et moi. Je devançai les autres, j'allais faire mon compliment à la ravissante chatte, lorsqu'un de mes camarades me mordit cruellement au cou. Je poussai un cri de douleur.

« Bah ! me dit le vieux matou en m'entraînant, vous en verrez bien d'autres. »

III

Au bout d'une heure de promenade, je me sentis un appétit féroce.

« Qu'est-ce qu'on mange sur les toits ? demandai-je à mon ami le matou.

– Ce qu'on trouve », me répondit-il doctement.

Cette réponse m'embarrassa, car j'avais beau chercher, je ne trouvais rien. J'aperçus enfin, dans une mansarde, une jeune ouvrière qui préparait son déjeuner. Sur la table, au-dessous de la fenêtre, s'étalait une belle côtelette d'un rouge appétissant.

« Voilà mon affaire », pensai-je en toute naïveté.

Et je sautai sur la table où je pris la côtelette. Mais l'ouvrière, m'ayant aperçu, m'asséna sur l'échine un terrible coup de balai. Je lâchai la viande, je m'enfuis en jetant un juron effroyable.

« Vous sortez donc de votre village ? me dit le matou. La viande qui est sur les tables est faite pour être désirée de loin. C'est dans les gouttières qu'il faut chercher. »

Jamais je ne pus comprendre que la viande des cuisines n'appartînt pas aux chats. Mon ventre commençait à se fâcher sérieusement. Le matou acheva de me désespérer en me disant qu'il fallait attendre la nuit. Alors nous descendrions dans la rue, nous fouillerions les tas d'ordures. Attendre la nuit ! Il disait cela tranquillement, en philosophe endurci. Moi, je me sentais défaillir, à la seule pensée de ce jeûne prolongé.

IV

La nuit vint lentement, une nuit de brouillard qui me glaça. La pluie tomba bientôt, mince, pénétrante, fouettée par des souffles brusques de vent. Nous descendîmes par la baie vitrée d'un escalier. Que la rue me parut laide ! Ce n'était plus cette bonne chaleur, ce large soleil, ces toits blancs de lumière où l'on se vautrait si délicieusement. Mes pattes glissaient sur le pavé gras. Je me souvins avec amertume de ma triple couverture et de mon coussin de plume.

À peine étions-nous dans la rue, que mon ami le matou se mit à trembler. Il se fit petit, petit, et fila sournoisement le long des maisons, en me disant de le suivre au plus vite. Dès qu'il rencontra une porte cochère, il s'y réfugia à la hâte, en laissant échapper un ronronnement de satisfaction. Comme je l'interrogeais sur cette fuite :

« Avez-vous vu cet homme qui avait une hotte et un crochet ? me demanda-t-il.

– Oui.

– Eh bien ! s'il nous avait aperçus, il nous aurait assommés et mangés à la broche !

– Mangés à la broche ! m'écriai-je. Mais la rue n'est donc pas à nous ? On ne mange pas, et l'on est mangé ! »

V

Cependant, on avait vidé les ordures devant les portes. Je fouillai les tas avec désespoir. Je rencontrai deux ou trois os maigres qui avaient traîné dans les cendres. C'est alors que je compris combien le mou frais est succulent. Mon ami le matou grattait les ordures en artiste. Il me fit courir jusqu'au matin, visitant chaque pavé, ne se pressant point. Pendant près de dix heures je reçus la pluie, je grelottai de tous mes membres. Maudite rue, maudite liberté, et comme je regrettais ma prison !

Au jour, le matou, voyant que je chancelais :

« Vous en avez assez ? me demanda-t-il d'un air étrange.

– Oh ! oui, répondis-je.

– Vous voulez rentrer chez vous ?

– Certes, mais comment retrouver la maison ?

– Venez. Ce matin, en vous voyant sortir, j'ai compris qu'un chat gras comme vous n'était pas fait pour les joies âpres de la liberté. Je connais votre demeure, je vais vous mettre à votre porte. »

Il disait cela simplement, ce digne matou. Lorsque nous fûmes arrivés :

« Adieu, me dit-il, sans témoigner la moindre émotion.

– Non, m'écriai-je, nous ne nous quitterons pas ainsi. Vous allez venir avec moi. Nous partagerons le même lit et la même viande. Ma maîtresse est une brave femme… »

Il ne me laissa pas achever.

« Taisez-vous, dit-il brusquement, vous êtes un sot. Je mourrais dans vos tiédeurs molles. Votre vie plantureuse est bonne pour les chats bâtards. Les chats libres n'achèteront jamais au prix d'une prison votre mou et votre coussin de plume… Adieu. »

Et il remonta sur ses toits. Je vis sa grande silhouette maigre frissonner d'aise aux caresses du soleil levant.

Quand je rentrai, votre tante prit le martinet et m'administra une correction que je reçus avec une joie profonde. Je goûtai largement la volupté d'avoir chaud et d'être battu. Pendant qu'elle me frappait, je songeais avec délices à la viande qu'elle allait me donner ensuite.

VI

Voyez-vous – a conclu mon chat, en s'allongeant devant la braise –, le véritable bonheur, le paradis, mon cher maître, c'est d'être enfermé et battu dans une pièce où il y a de la viande.

Je parle pour les chats.

ÉMILE ZOLA, *Nouveaux Contes à Ninon,*
« Un paradis des chats ».

Il y a deux moyens d'oublier
les tracas de la vie :
la musique et les chats.

ALBERT SCHWEITZER.

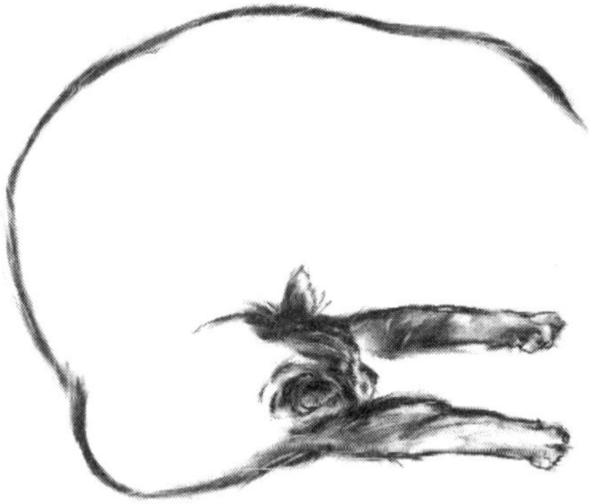

Au siècle dernier, un certain abbé qui vivait dans la compagnie d'un gros chat, présenta subitement tous les signes d'une mort certaine. Les médecins déclarèrent qu'on n'avait plus qu'à procéder à l'inhumation.

Or, pendant les deux jours que dura la veille auprès du défunt, chacun avait pu remarquer que le chat de la maison s'était entêté à rester couché, comme il en avait l'habitude, sur les pieds de son maître. Cette obstination fut telle qu'au moment où l'on mit celui-ci en bière le fidèle animal n'eut rien de plus pressé que de pénétrer dans le cercueil pour s'installer encore dans sa posture coutumière.

Ceux qui ensevelirent le corps trouvèrent plaisant de récompenser l'opiniâtreté du fidèle animal en l'enfermant avec la dépouille de son maître. La bête se laissa clouer entre les planches.

La cérémonie religieuse achevée et alors qu'on se disposait à descendre le cercueil dans la fosse, les assistants, qui ignoraient tout de la plaisanterie, entendirent des cris éclater dans la bière et beaucoup, terrorisés, prirent la fuite.

Les plus courageux se hâtèrent cependant de faire sauter le couvercle de la caisse mortuaire : un matou effaré s'en échappa et se sauva à grands bonds. Mais le mort lui-même se leva, drapé dans son suaire et prit lui aussi la course à travers champs !

On s'exclama, on suivit l'homme. Tout devint clair.

L'abbé n'était pas mort, mais tombé dans l'étrange torpeur d'une léthargie aiguë où le patient immobilisé, incapable de se mouvoir, perçoit tous les bruits et se rend compte de ce qui se passe autour de lui.

Il avait parfaitement compris ce qui lui advenait et ne pouvait réagir contre le sort épouvantable qui lui était dévolu du fait de cette inhumation trop hâtivement ordonnée.

Cependant, prisonnier de son cercueil, il avait lentement pris conscience d'une sensation de chaleur dans ses mains croisées sur sa poitrine. Cette chaleur lui permit de remuer les doigts. Il sentit quelque chose de velu et s'y cramponna de toutes les forces qui lui étaient rendues. Il avait saisi la queue de son chat, qui, mal à l'aise, avait rampé jusqu'à sa poitrine et l'avait ainsi réchauffé et sauvé, car, la queue pincée, la bête avait poussé des cris de douleur qui avaient pu heureusement être entendus.

ELIAN J. FINBERT, *Les Plus Belles Histoires de chat.*

Dans les prisons pour femmes, en Angleterre, ces dernières sont autorisées à faire venir leur chat afin que ce dernier partage avec elles le temps de leur réclusion. Car on a constaté que la présence de cet animal dans la solitude des prisons rendait les prisonnières plus affables, surtout suscitait chez elles des sentiments affectueux, en somme, apaisait leurs mœurs et les rappelait à leur humanité et, sans doute, à leur conscience.

ELIAN J. FINBERT, *Les Plus Belles Histoires de chat.*

Les chiens ont des maîtres,
les chats ont des serviteurs.

DAVE BARRY.

« Ah ! Je sais bien que ça ne te plaît pas à toi que je fasse la grasse matinée », dit-il [Durtal], s'adressant à son chat qui, étendu sur la courtepointe, à ses pieds, le regardait fixement avec des yeux très noirs.

Cette bête était affectueuse et câline, mais maniaque et retorse ; elle n'admettait aucune fantaisie, aucun écart, entendait que l'on se levât et que l'on se couchât à la même heure ; et, très nettement, elle faisait, lorsqu'elle était mécontente, passer, dans la sombreur de son regard, des nuances irritées, sur le sens desquelles son maître ne se trompait point.

Rentrait-il avant onze heures du soir, elle l'attendait dans le vestibule, à la porte, griffait le bois, miaulait avant même qu'il n'eût pénétré dans la pièce ; puis elle roulait de langoureuses prunelles d'or vert, se frottait contre ses culottes, sautait sur les meubles, se dressait tout debout, simulant le petit cheval qui se cabre, lui envoyait lorsqu'il s'approchait, par amitié, de grands coups de tête ; passé onze heures, elle n'allait plus au-devant de lui, se bornait à se lever alors qu'il arrivait près d'elle, faisait encore le gros dos, mais ne caressait pas ; plus tard encore, elle ne bougeait et elle se plaignait et grognait, s'il se permettait de lui lisser le dessus de la tête ou de lui gratter le dessous du cou.

Ce matin-là, elle s'impatienta de cette paresse, se mit sur son séant, se gonfla, puis s'approcha sournoisement et s'assit à deux pas de la figure de son maître, le dévisageant d'un œil atrocement faux, lui signifiant qu'il eût à déguerpir, à lui laisser la place chaude.

Amusé par ce manège, Durtal ne bougea, regardant le chat à son tour. Il était énorme, commun et pourtant bizarre, avec sa robe mi-partie roussâtre comme la cendre du vieux coke et grise comme le poil des balais neufs, avec çà et là de petits floquets blancs tels que ces peluches qui voltigent sur les tisons morts. C'était un très authentique chat de gouttière, haut sur pattes, long, à tête de fauve, très régulièrement strié d'ondes d'ébène qui cerclaient les pattes de bracelets noirs, allongeaient les yeux par deux grands zigzags d'encre.

– Malgré ton caractère de rabat-joie, de vieux garçon monomane et sans patience, tu es tout de même gentil, fit Durtal, d'un ton insinuant, pour l'amadouer ; puis, il y a assez longtemps que je te raconte ce que chacun se tait ; tu es l'évier de mon âme, toi, le confesseur inattentif et indulgent qui approuve, vaguement, sans surprise, les méfaits d'esprit qu'on lui avoue, afin de se soulager, sans qu'il en coûte ! Au fond, c'est là ta raison d'être, tu es l'exutoire spirituel de la solitude et du célibat ; aussi, je te gave d'attentions et de soins ; mais cela n'empêche qu'avec tes bouderies tu ne sois souvent, ainsi que ce matin, par exemple, insupportable !

Le chat continuait de le dévisager, les oreilles toutes droites, cherchant à démêler dans les inflexions de la voix le sens des paroles qu'il écoutait. Il comprit sans doute que Durtal n'était point disposé à sauter du lit, car il s'en fut se réinstaller à son ancienne place, mais, cette fois, en tournant le dos.

– Allons, fit Durtal, découragé, en inspectant sa montre, il faut pourtant que je m'occupe de Gilles de Rais, et, d'un bond, il s'élança sur ses culottes, tandis que le chat, brusquement mis debout, galopait sur les couvertures, se pelotonnait, sans plus attendre, dans les draps tièdes.

JORIS-KARL HUYSMANS, *Là-bas.*

La plupart des animaux familiers, tout en ayant des relations intimes avec leur maître, se contentent parfaitement de leur place de chien ou de chat. Missoui, non. Ce qu'on faisait, nous, ce que nous avions, nous, était toujours mieux. C'est ça qu'elle voulait et qu'au besoin elle revendiquait fermement. Par exemple, elle tenait par-dessus tout, comme quelque chose d'essentiel pour elle, à sa place à table avec nous à l'heure des repas. C'était son droit absolu, du moins elle l'estimait ainsi et nous le fit bien comprendre, pendant des années.

Au début, je tentai un semblant d'éducation et la chassai. Mais non ! Pourquoi nous là-haut et elle en bas ? Sa place n'était pas par terre ! Elle remontait immédiatement en râlant, louvoyait entre les couverts, se cachait derrière le vase de fleurs, en faisait le tour, et quand j'avais réussi à la chasser de nouveau, elle remontait encore, dix fois, vingt fois, l'œil plein de révolte, outrée qu'on lui fasse cet affront. Impossible de l'empêcher, d'autant qu'un pareil acharnement finissait par être drôle… Puis je m'aperçus qu'elle ne touchait pas à la nourriture si on le lui défendait, et que souvent elle n'essayait même pas, venant de manger son propre repas, mais qu'elle voulait s'asseoir là et regarder tout son monde, trônant au bout de la table comme une sorte de patriarche. La chaise haute des enfants lui échut un temps et elle s'asseyait fièrement sur SON siège, le jabot blanc gonflé de satisfaction, semblant écouter la conversation, suivant le repas du début à la fin. Passé l'âge des bouillies et la chaise évacuée pour cause d'encombrement inutile, elle s'assit directement sur le bout de la table, ce droit lui étant définitivement acquis pour cause de bonne tenue. […]

De la même manière qu'elle tenait à sa place à table avec nous, d'égal à égal, à notre hauteur, il n'était pas question qu'elle dorme au pied du lit ou entre nos jambes, comme le font les chats ordinaires. Non, il lui fallait sa place sur l'oreiller, au plus près de notre souffle. Elle y tenait dur comme fer et conquit ce droit-là avec la même opiniâtreté. Pour ne pas dormir avec tout son poids sur la tête et sa queue en travers du nez, elle avait donc son oreiller personnel, où elle s'installait confortablement pour passer la nuit entière avec nous.

Chaque lit de la maison était ainsi pourvu d'un oreiller supplémentaire réservé à Missoui, car mon fils, ma fille et moi, nous partagions ses faveurs, par tour de trois ou quatre nuits d'affilée, selon son bon vouloir et des flux de préférence dont j'ignorais les critères. Les enfants rivalisaient de séduction pour l'attirer dans leur lit. À l'heure du coucher ce n'était que bruits de petits bisous, caresses en douce, appels furtifs pour tenter de l'influencer. Missoui, comme un pacha visite son harem, allait de chambre en chambre, indécise, retardant son choix. Et quelquefois, de loin, j'entendais un « haa !... » de satisfaction et de victoire m'indiquant qu'elle venait d'élire son compagnon ou sa compagne de la nuit en s'installant sur SON oreiller. Et il n'était pas rare qu'un « hoo... » de déception me parvienne en retour de la chambre délaissée.

Puis nous remarquâmes au bout de quelque temps que Missoui boudait de plus en plus souvent son oreiller pour s'installer sur le nôtre. Quand nous l'y remettions, elle y restait, mais pas contente, lorgnant notre taie avec envie. C'était le même manège dans les trois lits, et mes enfants remarquèrent aussi qu'elle faisait la tête quand ils insistaient pour qu'elle reprenne sa place. Au réveil, nous la retrouvions en turban au-dessus de notre tête, sur NOTRE oreiller. Voulait-elle dormir encore plus près de notre visage ? Pas vraiment…

Je découvris la raison de cette contestation le jour où j'eus l'idée d'échanger les oreillers, alors qu'elle essayait encore une fois de s'installer sur le mien à l'heure du coucher. À peine les avais-je intervertis qu'elle s'installa avec un air de contentement et de victoire sur « mon » oreiller, que je venais de lui céder, et qu'elle y resta tranquillement toute la nuit sans venir squatter ma place. Les enfants tentèrent l'expérience avec autant de succès. Nous avons compris alors que Missoui avait repéré que nous avions droit, nous, à des oreillers à motifs assortis à la couette alors qu'elle n'avait, elle, qu'une simple taie unie… Ça n'allait pas du tout, ça devait être moins bien ! Comme d'habitude, elle voulait ce que nous avions, nous, c'était mieux !

Une fois certains de la chose, les enfants ne se privèrent pas de la faire enrager en lui donnant leur oreiller, puis en le lui retirant au dernier moment pour rire de sa réaction, où en mettant des oreillers tous unis – elle ne savait plus où se coucher ! – pour finalement lui offrir ce qu'elle voulait, l'oreiller à ramages sur lequel elle se lovait avec empressement, soulagée, se rengorgeant dans son jabot de fourrure blanche l'air de dire : « Ah ! tout de même ! » Et mon fils lui chantait narquoisement à l'oreille, sur un petit air de style publicitaire : « Les oreillers À-FLEURS ce sont les MEILLEURS ! » Elle restait digne, fière, péremptoirement installée sur ce qu'elle avait conquis…

ANNY DUPEREY, *Les Chats de hasard.*

Autre supériorité du chat sur l'homme : il ne parle pas. Ces mammifères carnivores digitigrades de la famille des félidés paraissent connaître cette phrase du père Botzarro que Jean Paulhan n'ignorait pas : « J'ai accoutumé de me demander si les mots ne sont pas la chose du monde la moins faite pour parler. » Cela dit : ils miaulent. Ils miaulent et émettent d'autres sons différents – toute une gamme – au point de nous laisser imaginer que l'on peut dialoguer avec eux. Je les soupçonne d'avoir institué ce malentendu et d'en tirer avantage. Ils nous émeuvent.

Ce qui est incontestable, c'est qu'ils comprennent – lorsqu'ils le désirent – les subtilités phonétiques de notre langage. Si l'on dit « Viens » à un chat, son sommeil n'est nullement perturbé. Prononcez « Tiens » : il accourt vers le garde-manger, l'assiette ou la main. Je n'ose m'avancer pour « sinistre » et « ministre », « prévaricateur » et « prédicateur » : je vais y exercer mes deux compagnons. Sans grand espoir, concédons-le. Les chats ne se domptent pas. Leur refus de comprendre est délibéré.

Si le chat n'obéit pas c'est que, sentinelle silencieuse, il a observé que les règnes les plus injustes, les plus inhumains, se sont fortifiés sur l'obéissance aveugle. Contrainte n'est que l'envers d'abandon. Un chat clairvoyant d'instinct a soufflé au philosophe : « Le refus est tout le secret du mouvement humain. » Pas de lutte entre la raison et la déraison chez le chat. Le conflit ne se pose qu'en fonction des prudences ou imprudences physiques. Une règle : « Faire ce que bon me semble ». Un combat : mépriser tout ce qui est contre nature, autrement dit les idéologues qui sécrètent des frustrations.

Ne parlant pas, le chat ne trahit pas les secrets. Il n'y a pas de chat polichinelle. Il n'est pas rapporteur. « Monsieur, c'est lui! » disent à l'école ceux qui se font brocarder aux récréations, « à la sortie », les forts-en-thème, mouchards en tout genre, les mêmes qui, plus tard, chromosomes tartufes, guignols belles manières, moutonnent du côté de l'ordre quand ils ne le promulguent pas. Les rapporteurs tiennent le haut du pavé. Le flic sommeille plus en l'homme que le cochon. Flic des belles-lettres, des cabinets ministériels, petits flics quotidiens des échéances-crédits qui malmènent le foie.

Le chat n'est ni avocat, ni accusateur, ni procédurier. Il porte la robe mais ne juge pas. Il ne cède pas aux médiations des courbettes, ni ne patrouille avec les vigiles du qu'en-dira-t-on. Pas courtisan, il ne perd pas ses journées en intrigues, malveillances, calomnies, surprenant un rival dans les rets des dénonciations. Il ne jure jamais : ce qui lui évite de se parjurer. Il ne miaule pas « paix » quand il pense « guerre ». Jamais vu de chat à képi, molletières spirales, guêtres astiquées, le poitrail chamarré de décorations : écran bimbeloterie dans le but de camoufler le manque de cœur. On ne connaît pas de chat tribun. Ses professions de foi concernent la nourriture et non d'abstraites spéculations oubliées sitôt énoncées. Il ne pactise pas avec les fraudeurs de l'amitié. Il renifle l'imposture. Il ne perd même pas son temps à observer, en chien de faïence, le mystificateur. À peine flairé le faussaire qu'il lui tourne le dos (le regard cyclope sous la queue), et s'enroule sous un meuble. Licencié ès dédains. Asile inviolable.

Le chat ne promet pas : ce qui le dispense de se déjuger. Veilleur insondable, il ne communique qu'avec des frémissements du dos, des ronrons, des ballets de tendresse ne se départant jamais de discrétion.

LOUIS NUCERA, *Les Chats.*

Il eût été mauvais d'emmener un bébé dans un café, en hiver ; même un bébé qui ne pleurait jamais, et observait tout ce qui se passait autour de lui et ne s'ennuyait jamais. Il n'y avait pas de baby-sitters, alors, et Bumby n'était pas malheureux, enfermé dans son lit-cage, avec son grand chat affectueux répondant au nom de F. Minet. Certains disaient qu'il était dangereux de laisser un chat avec un bébé. Les plus ignorants et les plus convaincus disaient qu'un chat sucerait le souffle du bébé et le tuerait. D'autres disaient que le chat se coucherait sur le bébé et l'étoufferait. F. Minet s'étendait à côté de Bumby dans le haut lit-cage et surveillait la porte, avec ses grands yeux jaunes, et ne laissait personne s'approcher quand nous étions sortis. Il n'était pas besoin de baby-sitter. F. Minet était notre baby-sitter.

ERNEST HEMINGWAY, *Paris est une fête.*

Choisir le nom d'un chat est affaire épineuse,
Vous devez penser, pour commencer, que je suis fou à lier
Quand je vous affirme qu'un chat doit avoir TROIS NOMS
[DIFFÉRENTS.

Le premier est le nom à l'usage quotidien de la famille,
Un nom comme Pierre, Auguste, Alonzo ou James,
Ces noms pratiques pour tous les jours.
Cependant, je vous le dis, un chat a besoin d'un nom
[bien précis.
D'un nom spécifique et suffisamment solennel,
Sinon, comment pourrait-il lever la queue bien droite,
Ou épanouir sa moustache, ou entretenir son orgueil ?
Mais par-dessus tout, il est encore un nom que j'ai
[laissé de côté,
Le nom qu'aucune quête humaine ne parviendra à
[découvrir,
Mais que SEUL LE CHAT CONNAÎT et qu'il n'avouera jamais.
Lorsque vous voyez un chat plongé dans une profonde
[méditation,
La raison, je vous le dis, en est toujours la même :
Son esprit est perdu dans une contemplation sans fond.
À la pensée de la pensée de la pensée de son nom :
Mystérieux et inaccessible Nom singulier.

THOMAS STEARNS ELIOT, *Le Guide du vieil Opossum pour une connaissance pratique des chats*, « Pour choisir le nom d'un chat ».

Missoui fut à l'égard des enfants exactement ce dont j'avais rêvé. Intelligente, attentive, douce et patiente, elle était l'équivalent – en version chat – du personnage de la chienne-nounou Nana dans *Peter Pan*. Elle savait tout d'instinct : qu'il ne faut pas sortir les griffes sur la peau, et même à travers les vêtements, qu'il ne faut pas marcher dans le Mitosyl, qu'il faut tout supporter des bébés sans rechigner et ne pas dormir sur leur tête.

Je crus rêver en voyant certaines scènes avec mes enfants, quand ils furent plus grands. J'avais un très vague souvenir d'avoir eu un chat, lorsque j'étais moi-même petite, que je pouvais déguiser, par exemple. Et je vis Missoui se laisser affubler d'une robe de poupée, puis d'un manteau par-dessus, les pattes avant passées dans les manches restant raides à angle droit – un manteau de poupée à manches montées étant incompatible avec la morphologie d'un chat –, le tout boutonné du bas jusqu'en haut, le col bien serré autour du cou, avec par-dessus le marché un bonnet qui lui aplatissait les oreilles. Je revois encore son regard si doux et résigné sous le bord en tricot du bonnet, au ras des sourcils – « Tu vois ce qu'il me fait ? »

Supporter cela stoïquement, pour un chat, c'est déjà beaucoup. Mais la chose eût été presque ordinaire si elle s'était arrêtée là… Mon fils, ensuite, l'asseyait dans une petite poussette-canne pour poupée appartenant à sa sœur – donc tout à fait de la taille d'un chat – et il se lançait à fond de train dans l'appartement, passant au ras des tables, exécutant un virage sur l'aile au fond du salon, puis un slalom entre les chaises, avant d'atteindre la vitesse maximum dans la ligne droite du couloir, tout en faisant avec sa bouche le bruit des voitures de course. Hors de ma vue, près de la porte de l'entrée, tout au fond, il imitait le son d'un freinage en catastrophe et, « rrrrouuuiiin ! », c'était reparti à toute berzingue pour un nouveau slalom dans le salon.

Avant de voir réapparaître la course folle, je supposais toujours que la chatte avait sauté en marche, empêtrée dans ses oripeaux, vers le calme d'une chambre, au milieu du corridor. Pas du tout. L'ensemble de l'équipage réapparaissait, y compris la chatte bringuebalée, toujours assise tant bien que mal avec son bonnet sur la tête et les pattes raides façon portemanteau dans les manches, et son beau regard me prenait à témoin au passage, au beau milieu d'un virage où elle manquait verser. Elle tournait un peu la tête vers moi, gênée par son col trop serré, l'air de dire encore : « Tu vois, hein ?… Tu vois ce qu'il me fait ? » Mais je laissais faire, car on voyait très bien qu'elle était heureuse.

ANNY DUPEREY, *Les Chats de hasard.*

Le chat semble mettre un point
d'honneur à ne servir à rien,
ce qui ne l'empêche pas
de revendiquer au foyer
une place meilleure que
celle du chien.

MICHEL TOURNIER, *Le Miroir des idées.*

La devise du chat :
qu'importe ce que tu as fait,
essaie toujours de faire croire que
c'est la faute du chien.

JEFF VALDEZ.

Le minois de mon chat Fletch a quelque chose d'une chauve-souris, du chat et du singe… Le sommet du crâne est d'un noir lisse et brillant, ses oreilles sont frisées comme celles d'une chauve-souris. La face avec son museau noir et ses lèvres longues et expressives, comme celle d'un singe triste.

Tout en ronronnant dans son sommeil, Fletch étire ses petites pattes noires pour toucher mes mains, les griffes sorties, rien qu'un gentil attouchement pour s'assurer que je suis là à côté de lui quand il dort. Il doit avoir une image onirique de moi. On dit que les chats ne discernent pas les couleurs : noir et blanc grenu, un film argenté tremblotant plein d'accrocs tandis que je quitte la chambre, reviens, sors, le prends, le repose. Qui pourrait faire du mal à une telle créature ? Entraîner son chien à la tuer ! La haine du chat reflète un esprit laid, stupide, rustre, fanatique. Il ne peut y avoir de compromis avec cet Esprit Laid.

WILLIAM SEWARD BURROUGHS, *Entre Chats.*

Lorsque ma chienne mourut la nuit même où elle enfanta cinq beaux chiots, je trouvai le lendemain ma chatte, qui lui était fort attachée, installée dans leur caisse, allaitant les orphelins en plus de l'unique petit que je lui avais laissé. Souvent, tant l'amitié était profonde entre les deux mères, lorsqu'elles mettaient bas, parfois à peu près au même moment, dans la même caisse, tout était bientôt mis en commun. La chatte allaitait les chiots et ses propres petits, et la chienne, réciproquement, agissait de même. Si bien que l'on pouvait voir les jeunes chats suivre la chienne et les chiots, la chatte. Plus tard, jamais je ne dus intervenir dans les jeux turbulents auxquels se livraient les petites bêtes mêlées et que suivaient, heureuses, les deux mères.

ELIAN J. FINBERT, *Les Plus Belles Histoires de chat.*

On ne peut pas dire que les chats, quoique habitant dans nos maisons, soient des animaux entièrement domestiques; ceux qui sont le mieux apprivoisés n'en sont pas plus asservis: on peut même penser qu'ils sont entièrement libres; ils ne font que ce qu'ils veulent, et rien au monde ne serait capable de les retenir un instant de plus dans un lieu dont ils voudraient s'éloigner.

BUFFON, *Histoire naturelle.*

Le chat est un domestique infidèle que l'on ne garde que par nécessité, pour l'opposer à un autre ennemi domestique encore bien plus incommode, et que l'on ne peut chasser : car nous ne comptons pas les gens qui, ayant du goût pour toutes les bêtes, n'élèvent les chats que pour s'en amuser : l'un est usage, l'autre est abus ; et quoique ces animaux, surtout quand ils sont jeunes, aient de la gentillesse, ils ont en même temps une malice innée, un caractère faux, un naturel pervers, que l'âge augmente encore, et que l'éducation ne fait que masquer. De voleurs déterminés ils deviennent seulement, lorsqu'ils sont bien élevés, souples et flatteurs comme les fripons ; ils ont la même adresse, la même subtilité, le même goût pour faire le mal, le même penchant à la petite rapine ; comme eux, ils savent couvrir leur marche, dissimuler leur dessein, épier les occasions, attendre, choisir l'instant de faire leur coup, se dérober ensuite au châtiment, fuir et demeurer éloignés jusqu'à ce qu'on les rappelle. Ils prennent aisément des habitudes de société, mais jamais des mœurs. Ils n'ont que l'apparence de l'attachement.

BUFFON, *Histoire naturelle,*
« Le Chat. Felis catus. – L. ».

J'aime dans le chat ce caractère indépendant et presque ingrat qui le fait ne s'attacher à personne, et cette indifférence avec laquelle il passe des salons à ses gouttières natales. On le caresse, il fait le gros dos, mais c'est un plaisir physique qu'il éprouve, et non, comme le chien, une niaise satisfaction d'aimer et d'être fidèle à son maître, qui le remercie à coups de pied. Buffon a maltraité le chat. Je travaille à sa réhabilitation, et j'espère en faire un animal à la mode du temps.

FRANÇOIS RENÉ DE CHATEAUBRIAND,
Mémoires d'outre-tombe.

On ne possède pas un chat,
c'est lui qui vous possède.

FRANÇOISE GIROUD, *Journal d'une Parisienne.*

Mais qui a prétendu être le maître de son chat ? On ne possède pas un chat, on « l'entretient ». Le chat est l'agrément du foyer où il réside comme l'hôte et l'égal du propriétaire des lieux parce que *tel* est son bon plaisir. Il n'y a rien de flatteur à être bêtement idolâtré par un chien dont l'instinct le pousse à l'idolâtrie, mais c'est un tout autre honneur que d'avoir été choisi comme ami et comme confident par un félin philosophe qui est son propre maître et pourrait aisément se choisir un autre compagnon s'il en trouvait un plus agréable et plus intéressant. À mon sens, l'un des indices de la dignité supérieure du chat réside dans la manière dont l'usage veut qu'on utilise les termes « chat » et « chien » pour qualifier tel ou tel comportement ou attitude.

HOWARD PHILLIPS LOVECRAFT, *Chiens et Chats.*

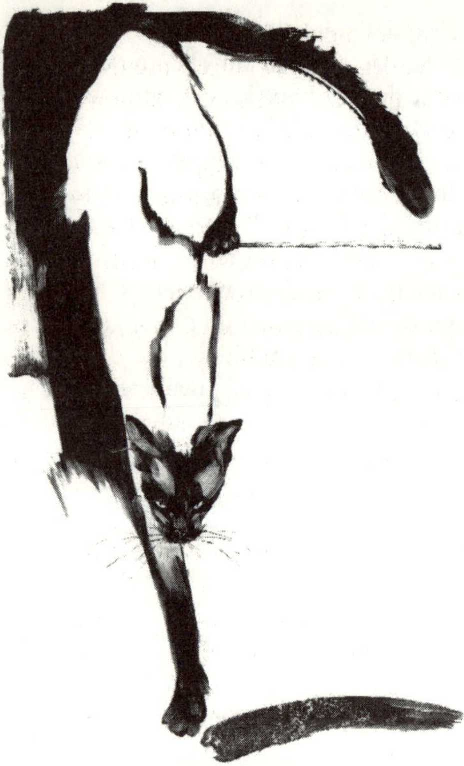

Conquérir l'amitié d'un chat est chose difficile. C'est une bête philosophique, rangée, tranquille, tenant à ses habitudes, amie de l'ordre et de la propreté, et qui ne place pas ses affections à l'étourderie : il veut bien être votre ami, si vous en êtes digne, mais non pas votre esclave. Dans sa tendresse, il garde son libre arbitre, et il ne fera pas pour vous ce qu'il juge déraisonnable ; mais une fois qu'il s'est donné à vous, quelle confiance absolue, quelle fidélité d'affection !

Il se fait le compagnon de vos heures de solitude, de mélancolie et de travail. Il reste des soirées entières sur votre genou, filant son rouet, heureux d'être avec vous et délaissant la compagnie des animaux de son espèce. En vain, des miaulements retentissent sur le toit, l'appelant à une de ces soirées de chat où le thé est remplacé par du jus de hareng saur, il ne se laisse pas tenter et prolonge avec vous sa veillée. Si vous le posez à terre, il regrimpe bien vite à sa place avec une sorte de roucoulement qui est comme un doux reproche. Quelquefois, posé devant vous, il vous regarde avec des yeux si fondus, si moelleux, si caressants et si humains, qu'on est presque effrayé ; car il est impossible de supposer que la pensée en soit absente.

THÉOPHILE GAUTIER, *Ménagerie intime.*

Camille grimpa les quatre étages étroits qui conduisaient au logement d'Adamsberg. Au passage, elle nota que l'occupant du troisième étage gauche avait barré sa porte d'un gigantesque *4* noir. Ils étaient convenus avec Jean-Baptiste de se rejoindre ce soir pour partager la nuit, pas avant dix heures en raison des journées imprévisibles que le semeur faisait vivre à la brigade.

Elle était emmerdée, avec ce bébé chat sous le bras. Il l'avait suivie dans la rue depuis des heures ; Camille l'avait caressé puis laissé, puis semé, mais le bébé chat s'était obstinément collé à ses talons, s'exténuant à courir par bonds désordonnés pour la rattraper. Camille avait traversé le square pour couper court à la filature. Elle l'avait abandonné à la porte pendant qu'elle dînait et l'avait retrouvé sur le palier au moment de sortir. Le chaton avait repris sa poursuite, courageux, braqué sur son objectif. De guerre lasse, parvenue devant l'immeuble d'Adamsberg, et ne sachant que faire de cet animal qui l'avait élue, elle l'avait soulevé et coincé sous son bras. C'était une simple boule blanche et grise, légère comme une balle de mousse, aux yeux parfaitement ronds et bleus.

FRED VARGAS, *Pars vite et reviens tard.*

Si vous voulez écrire,
ayez des chats.

ALDOUS HUXLEY.

Le Chat

Je souhaite dans ma maison :
Une femme ayant sa raison,
Un chat passant parmi mes livres,
Des amis en toute saison,
Sans lesquels je ne peux vivre.

GUILLAUME APOLLINAIRE, *Le Bestiaire.*

Les chats se plaisent dans le
silence, l'ordre et la quiétude
et aucun endroit ne leur
convient mieux que
le cabinet du littérateur.

THÉOPHILE GAUTIER.

Les Chats

Les amoureux fervents et les savants austères
Aiment également, dans leur mûre saison,
Les chats puissants et doux, orgueil de la maison,
Qui comme eux sont frileux et comme eux sédentaires.

Amis de la science et de la volupté,
Ils cherchent le silence et l'horreur des ténèbres ;
L'Erèbe les eût pris pour ses coursiers funèbres,
S'ils pouvaient au servage incliner leur fierté.

Ils prennent en songeant les nobles attitudes
Des grands sphinx allongés au fond des solitudes,
Qui semblent s'endormir dans un rêve sans fin ;

Leurs reins féconds sont pleins d'étincelles magiques,
Et des parcelles d'or, ainsi qu'un sable fin,
Étoilent vaguement leurs prunelles mystiques.

CHARLES BAUDELAIRE, *Les Fleurs du Mal,*
« Spleen et Idéal », LXIX.

Oui, dans ma vie, il y a eu beaucoup de chiens mais il y a eu le chat. À l'espèce chat, je suis redevable d'une certaine sorte, honorable, de dissimulation, d'un grand empire sur moi-même, d'une aversion caractérisée pour les sons brutaux, et du besoin de me taire longuement.

COLETTE, *Les Vrilles de la vigne.*

Je ne connais rien de comparable au silence pensif des chats. Il emplit l'atmosphère d'une qualité très particulière. Pour peu que l'on veuille bien s'arrêter un moment pour être à l'unisson avec lui, ce silence devient contagieux. On le voit, lui, le chat, éveillé et ailleurs, son beau regard fixé devant lui. On s'assoit là, la main posée sur son dos. Le temps soudain suspendu, on se prend, l'œil perdu dans le vague, à laisser errer son esprit, doucement. Puis, tout à coup, un blanc, une bulle de néant vous a saisi et vous ne savez plus combien de minutes vous êtes resté là, et où vos pensées sont allées divaguer sans contrôle. Puis on revient à la réalité, celle du temps compté, de l'ordre, du raisonnement, on s'éveille comme d'un petit voyage. Où était-on ? On ne saura pas dans quelle part de soi informulée, inconnue, le rêve du chat nous a entraîné…

ANNY DUPEREY, *Les Chats de hasard.*

L'idée du calme se trouve
dans un chat assis.

JULES RENARD.

Un chat qui me regarde… Il est là, tout près, sur une table : il avance sa petite tête obscurément pensante où doit se faire en ce moment, quelque lueur inaccoutumée ; tant qu'il a entendu aller et venir autour de lui des domestiques ou des gens quelconques, il s'est dédaigneusement tenu à l'écart sous un fauteuil, car je suis l'unique ayant la permission de caresser sa robe toujours immaculée. Mais, dès qu'il m'a senti seul, il est venu et s'est assis bien en face pour soudainement prendre une de ces expressions profondes comme il en passe de temps à autre dans le regard de ses pareils – bêtes contemplatives, bêtes énigmatiques. Ses yeux jaunes fixés sur moi sont grands ouverts, dilatés par un effort intérieur pour interroger et essayer de comprendre : « Qui es-tu, en somme, demande-t-il, toi à qui je me confie ? Qu'est-ce que tu vaux ? Qu'est-ce que tu penses et qu'est-ce que tu fais dans ce monde ? »

Dans notre ignorance de tout, dans notre impuissance à rien savoir, quel étonnement, et peut-être quelle terreur il y aurait à pénétrer par les étranges fenêtres de ses yeux, jusqu'à l'inconnaissable de ce petit cerveau caché derrière. Oh ! si l'on pouvait, rien qu'un instant, penser à sa place, et ensuite se souvenir, quelle solution subite et décisive, pleine d'épouvante sans doute, cela donnerait à des problèmes éternels. Nous sont-elles très inférieures et lointaines, ces bêtes familières ou bien terriblement voisines ? Est-il beaucoup plus épais que le nôtre, le voile des ténèbres qui leur masque la cause et le but des existences ?…

Mais non, jamais, jamais, il ne sera donné à aucun de nous de rien déchiffrer dans ces petites têtes câlines qui se font si amoureusement caresser, tenir et comme pétrir dans nos mains...

À présent, il va s'endormir, le chat, et rêver sur cette table où j'écris, le plus près de moi possible; il s'installe, non sans avoir deux ou trois fois allongé la patte en me regardant pour implorer la permission de descendre sur mes genoux. Et il se couche, la tête tendrement appuyée sur mon bras, avec un air de dire: « Puisque tu ne veux pas de moi tout à fait, souffre au moins cela qui ne te gêne guère. »

Quel mystère que l'affection des bêtes! Tout ce que cela dénote d'élevé, de supérieur dans leurs âmes si inconnues! Et comme je comprends Mahomet, au chant du Muezzin, qui l'appelait à la prière, rompant avec des ciseaux le coin de son burnous avant de se lever, par crainte de déranger son chat qui s'était installé dessus pour dormir.

PIERRE LOTI, *Un chat.*

Je m'appelle Tiffauges. Je suis un chat. J'écris. Comme si quelqu'un pouvait écrire à ma place. C'est moi. Je suis je. Le chat. Un chat. C'est à prendre ou à prendre, pas d'alternative. Vous avez encore le choix et abandonner ce livre. Vous êtes libre. Voici ma vie. Et ma mort. Je m'appelle Tiffauges. J'écris.

Il me faudra beaucoup de solitude pour y arriver. Une discipline de chat. Pas trop de morale, je la leur laisse, à eux, les bipèdes qui, en principe, se tiennent debout sur les pattes arrière par curiosité et pour voir plus loin. Et parce qu'ils savent ouvrir les portes des réfrigérateurs, ils se croient tout permis. Ils se croient *tout.* Si le roman de moi vire à la fable, ce sera dommage.

YVES NAVARRE, *Une vie de chat.*

Poème du chat

Quand on est chat on est pas vache
on ne regarde pas passer les trains
en mâchant des pâquerettes avec entrain
on reste derrière ses moustaches
(quand on est chat, on est chat)
Quand on est chat on est pas chien
on ne lèche pas les vilains moches
parce qu'ils ont du sucre plein les poches
on ne brûle pas d'amour pour son prochain
(quand on est chat, on est pas chien)
On passe l'hiver sur le radiateur
à se chauffer doucement la fourrure
au printemps on monte sur les toits
pour faire taire les sales oiseaux
On est celui qui s'en va tout seul
Et pour qui tous les chemins se valent
(quand on est chat, on est chat).

JACQUES ROUBAUD.

Je possède une étrange bête, moitié chaton, moitié agneau. Je l'ai héritée de mon père. Mais elle ne s'est développée que de mon temps ; auparavant, elle était plus agneau que chat. Maintenant elle tient également des deux. Du chat elle a la tête et les griffes ; de l'agneau la taille et la forme ; des deux les yeux, qui sont vacillants et sauvages, la toison, qui est douce et courte, les mouvements, qui peuvent aussi bien être des bonds que des reptations. Au soleil, sur le bord de la fenêtre, elle ronronne et fait le gros dos ; dans les prés elle court comme une folle, on peut à peine l'attraper. Devant le chat elle fuit, devant l'agneau elle attaque. Au clair de lune elle se promène sur les gouttières, c'est sa route de prédilection. Elle ne sait pas miauler et les rats la dégoûtent. Elle peut rester couchée des heures, à l'affût, près du poulailler, mais elle n'a jamais profité de l'occasion de tuer une volaille.

Je la nourris de lait sucré, c'est le régime qui lui convient le mieux. Elle le fait passer à long trait sur ses canines de carnassier, et c'est naturellement une grande attraction pour les enfants. Ils viennent le dimanche matin. Je tiens la petite bête sur mes genoux et j'ai en cercle autour de moi tous les gamins du voisinage.

On peut entendre alors les plus étranges questions, de ces questions auxquelles nul ne saurait répondre : pourquoi n'y a-t-il qu'une bête de ce genre ? Pourquoi est-ce moi qui la possède ? Y a-t-il déjà eu avant elle un animal de même espèce ? Que se passera-t-il après sa mort ? Se sent-elle seule ? Pourquoi n'a-t-elle pas de petits ? Comment s'appelle-t-elle ?

Je ne prends pas la peine de répondre, je me contente de montrer ce que j'ai. Quelques fois les enfants nous apportent des chats, une fois ils ont même apporté deux agneaux. Mais contrairement à leur attente, ces rencontres n'ont provoqué aucune scène de reconnaissance. Les bêtes se sont considérées de leurs yeux de bêtes avec le plus grand calme ; elles ont pris réciproquement leur existence comme une donnée de la Création.

Sur mes genoux, la petite bête ignore la peur et l'agressivité. C'est contre moi, collée à moi, qu'elle se sent le mieux. Elle éprouve de l'attachement pour la famille qui l'a élevée. Ce n'est pas là fidélité extraordinaire, mais sûr instinct d'un animal qui, tout en possédant une nombreuse parenté, n'a peut-être pas un seul compagnon dans le monde et considère par conséquent comme sacrée la protection qu'elle a trouvée chez nous.

Je ne puis m'empêcher de rire quand je la vois qui flaire le bas de mon pantalon ; elle se tortille pour passer entre mes jambes et ne peut s'arracher à moi. Non content d'être agneau et chat, on dirait qu'elle veut être chien ! Un jour que je ne pouvais résoudre mes difficultés commerciales et les problèmes qui en dépendent – comme la chose arrive à chacun – et, voulant tout laisser aller, me balançais à la maison dans mon fauteuil avec la petite bête sur mes genoux, je vis, en abaissant la tête, des larmes qui coulaient de son immense moustache. Étaient-ce les miennes ? Étaient-ce les siennes ? Ce chat qui avait une âme d'agneau possédait-il une ambition humaine ?… Je n'ai pas hérité beaucoup de choses de mon père ; mais celle-ci je puis la montrer.

Ma bête réunit deux sortes d'inquiétude, celle du chat et celle de l'agneau, si différentes qu'elles soient. Aussi se trouve-t-elle à l'étroit dans sa peau. Elle saute parfois à mes côtés sur une chaise, pose ses pattes de devant sur mon épaule et me colle son museau à l'oreille. On dirait qu'elle me parle et, de fait, après ce geste, elle se penche en avant et observe mes yeux comme pour lire l'impression que sa communication a produite sur moi. Et moi, pour lui faire plaisir, je fais semblant d'avoir compris et j'opine en branlant la tête. Alors, elle saute à terre et danse autour de moi.

FRANZ KAFKA, *La Muraille de Chine.*

À Léon Cladel

Je comprends que le chat ait frappé Baudelaire
Par son être magique où s'incarne le sphinx;
Par le charme câlin de la lueur si claire
Qui s'échappe à longs jets de ses deux yeux de lynx,
Je comprends que le chat ait frappé Baudelaire.

Femme, serpent, colombe et singe par la grâce,
Il ondule, se cambre, se regimbe aux doigts lourds;
Et lorsque sa fourrure abrite une chair grasse,
C'est la beauté plastique en robe de velours:
Femme, serpent, colombe et singe par la grâce,

Vivant dans la pénombre et le silence austère
Où ronfle son ennui comme un poêle enchanté,
Sa compagnie apporte à l'homme solitaire
Le baume consolant de la mysticité
Vivant dans la pénombre et le silence austère.

Tour à tour triste et gai, somnolent et folâtre,
C'est bien du gîte où je me tiens sous la clé;
De la table à l'armoire et du fauteuil à l'âtre,
Il vague, sans salir l'objet qu'il a frôlé,
Tour à tour triste et gai, somnolent et folâtre.

Sur le bureau couvert de taches d'encre bleue,
Où livres et cahiers gisent ouverts ou clos,
Il passe comme un souffle, effleurant de sa queue
La feuille où ma pensée allume ses falots,
Sur le bureau vert couvert de taches d'encre bleue.

Quand il mouille sa patte avec sa langue rose
Pour lustrer son poitrail et son minois si doux,
Il me cligne de l'œil en faisant une pause,
Et je voudrais toujours l'avoir sur mes genoux
Quand il mouille sa patte avec sa langue rose.

Accroupi chaudement aux temps noirs de décembre
Devant le feu qui flambe, ardent comme un enfer,
Pense-t-il aux souris, dont il purge la chambre
Avec ses crocs de nacre et ses ongles de fer ?
Non ! assis devant l'âtre aux temps noirs de décembre

Entre les vieux chenets qui figurent deux nonnes
À la face bizarre, aux tétons monstrueux,
Il songe à l'angora, mignonne des mignonnes,
Qu'il voudrait bien avoir, le beau voluptueux,
Entre les vieux chenets qui figurent deux nonnes.

Il se dit que l'été, par les bons clairs de lune,
Il possédait sa chatte aux membres si velus :
Et qu'aujourd'hui, pendant la saison froide et brune,
Il doit pleurer l'amour qui ne renaîtra plus
Que le prochain été, par les bons clairs de lune.

Sa luxure s'aiguise aux râles de l'alcôve,
Et quand nous en sortons encor pleins de désir,
Il nous jette un regard jaloux et presque fauve,
Car tandis que nos corps s'enivrent de plaisir,
Sa luxure s'aiguise aux râles de l'alcôve.

Quand il bondit enfin sur la couche entr'ouverte,
Comme pour y cueillir un brin de volupté,
La passion réduit dans sa prunelle verte :
Il est beau de mollesse et de lubricité
Quand il bondit enfin sur la couche entr'ouverte.

Pour humer les parfums qu'y laisse mon amante.
Dans le creux où son corps a frémi dans mes bras,
Il se roule en pelote, et sa tête charmante
Tourne de droite à gauche en flairant les deux draps,
Pour humer les parfums qu'y laisse mon amante.

Alors il se pourlèche, il ronronne et il miaule,
Et quand il s'est grisé de la senteur d'amour,
Il s'étire en bâillant avec un air si drôle,
Que l'on dirait qu'il va se pâmer à son tour ;
Alors il se pourlèche, il ronronne et il miaule.

Son passé ressuscite, il revoit ses gouttières
Où, matou lovelace et toujours triomphant,
Il s'amuse à courir pendant des nuits entières
Les chattes qu'il enjôle avec ses cris d'enfant :
Son passé ressuscite, il revoit ses gouttières.

Panthère du foyer, tigre en miniature,
Tu me plais par ton vague et ton aménité,
Et je suis ton ami, car nulle créature
N'a compris mieux que toi ma sombre étrangeté,
Panthère du foyer, tigre en miniature.

MAURICE ROLLINAT, *Les Névroses,* « Le Chat ».

Dieu a inventé le chat pour que l'homme ait un tigre à caresser à la maison.

VICTOR HUGO.

Mademoiselle,

Mon chat aurait mis la patte à la plume, s'il n'était pas si paresseux, pour vous remercier de l'offre tout aimable que vous voulez bien lui faire. Il me charge de vous présenter ses humbles hommages et de vous dire qu'il accepte avec empressement. Il craint seulement que la gravité de son caractère, fort en rapport avec la couleur de sa robe, ne vous ennuie bientôt. De méchantes langues lui ont parlé de vos coquetteries et de votre besoin de mouvement. On lui a dit que vous vouliez plaire à tout le monde et que vous n'y réussissiez que trop bien, sur quoi, lui qui est une personne sérieuse pesant quinze kilos et compagnon ordinaire d'une tortue, craint que vous le dérangiez de ses habitudes méditatives qui lui ont attiré une grande considération dans les gouttières de la rue de Lille. Il offre à sa dame de compagnie la queue de toutes les asperges qu'il prendra comme appointements, mais il exige qu'elle lui prête ses genoux sans bouger pendant deux heures quand il a envie de dormir. Je crains que le marché ne se puisse faire à ces conditions car je lui ai dit que je ne vous avais jamais vue deux minutes immobile. Sur quoi il a hérissé sa moustache et est allé se coucher sur le coton où loge son amie la tortue.

Le 3 juillet 1853

PROSPER MÉRIMÉE, *Correspondance*,
« Lettre à Mademoiselle Lagrené ».

Dialogue passionné entre Jacques et Roberte II, une jeune personne fort séduisante malgré, ou à cause, de ses trois nez.

JACQUES, *extasié*: Cha-a-armant!
ROBERTE II: Mettez-vous à votre aise. Enlevez ceci (*elle montre le chapeau*)... qui vous couvre. Qu'est-ce que c'est? Ou qui est-ce?
JACQUES , *encore extasié*: Cha-a-armant!
ROBERTE II: Qu'est-ce que c'est, sur votre tête?
JACQUES: Devinez! C'est une espèce de chat. Je le coiffe dès l'aube.
ROBERTE II: C'est un château?
JACQUES: Je le garde toute la journée sur ma tête. À table, dans les salons, je ne l'enlève jamais: il ne me sert pas à saluer.
ROBERTE II: C'est un chameau? Un chamadou?
JACQUES: Il me donne des coups de patte, mais il sait travailler la terre.
ROBERTE II: C'est une charrue!
JACQUES: Il pleure quelquefois.
ROBERTE II: C'est un chagrin?
JACQUES: Il peut vivre sous l'eau.
ROBERTE II: C'est un chabot?
JACQUES: Il peut flotter sur l'onde.
ROBERTE II: C'est une chaloupe?
JACQUES: Tout doucement.
ROBERTE II: C'est un chaland?
JACQUES: Il aime parfois vivre caché dans la montagne. Il n'est pas beau.
ROBERTE II: C'est un chalet?
JACQUES: Il me fait rire.
ROBERTE II: C'est une chatouille, ou un chapitre?

JACQUES : Il crie, il me casse les oreilles.
ROBERTE II : C'est un chahut ?
JACQUES : Il aime les ornements.
ROBERTE II : C'est un chamarré ?
JACQUES : Non !
ROBERTE II : Je donne ma langue au chat.
JACQUES : C'est un chapeau.
ROBERTE II : Oh, enlevez-le, Jacques. Mon Jacques. Chez moi, vous serez chez vous. J'en ai, j'en ai tant que vous voudrez, des quantités !
JACQUES :… de chapeaux ?
ROBERTE II : Non… des chats… sans peau !
JACQUES : Oh, mon chat…
Il enlève son chapeau, il a les cheveux verts.
ROBERTE II : Oh, mon chat…
JACQUES : Ma chatte, ma châtelaine.
ROBERTE II : Dans la cave de mon château, tout est chat…
JACQUES : Tout est chat.
ROBERTE II : Pour y désigner les choses, un seul mot : chat. Les chats s'appellent chat, les aliments : chat, les insectes : chat, les chaises : chat, toi : chat, moi : chat, le toit : chat, le nombre un : chat, le nombre deux : chat, trois : chat, vingt : chat, trente : chat, tous les adverbes : chat, toutes les prépositions : chat. Il y devient facile de parler…
JACQUES : Pour dire : dormons, chérie…
ROBERTE II : Chat, chat.
JACQUES : Pour dire : J'ai bien sommeil, dormons, dormons…

ROBERTE II : Chat, chat, chat, chat.
JACQUES : Pour dire : apporte-moi des nouilles froides, de la limonade tiède, et pas de café...
ROBERTE II : Chat, chat, chat, chat, chat, chat, chat, chat.
JACQUES : Et Jacques, et Roberte ?
ROBERTE II : Chat, chat.

Elle sort sa main à neuf doigts qu'elle avait tenue cachée sous sa robe.

EUGÈNE IONESCO, *Jacques ou la Soumission.*

Tous les chats sont mortels,
Socrate est mortel,
donc Socrate est un chat.

EUGÈNE IONESCO.

Sources des textes

Jean Anouilh, *Fables*, © Éditions de La Table Ronde, 1967.
Anny Duperey, *Les Chats de hasard*, © Éditions du Seuil, 1999.
Mikhaïl Boulgakov, *Le Maître et Marguerite*, © Éditions Robert Laffont.
Marcel Brechet, *Vagabondages*, © Éditions Jean Grassin.
Elian J. Finbert, *Chiens, Chats et autres bêtes*, © Éditions Flammarion, 1955.
Jean-Louis Hue, *Le Chat dans tous ses états*, © Éditions Bernard Grasset.
Eugène Ionesco, *Jacques ou la Soumission*, © Éditions Gallimard.
Doris Lessing, *Les Chats en particulier*, © Éditions Albin Michel.
Paul Morand, *Rond-Point des Champs-Élysées*, © Éditions Bernard Grasset.
Alberto Moravia, *L'Ennui*, © Éditions Flammarion, 1955.
Yves Navarre, *Une vie de chat*, © Éditions Albin Michel.
Louis Nucera, *Les Chats. Il n'y a pas de quoi fouetter un homme*, coll. « Idée fixe », © Éditions Julliard.
Marcel Pagnol, *La Femme du boulanger*, © Éditions Bernard de Fallois. D'après *Jean le Bleu* de Jean Giono.
Jacques Prévert, *Le Chat et l'Oiseau*, extrait de *Histoires*, © Éditions Gallimard.
Rainer Maria Rilke, *Le Chat noir*, extrait de « Nouveaux

poèmes, II» recueilli dans *Œuvres poétiques et théâtrales*, traduit par Jean-Pierre Lefebvre, © Éditions Gallimard.

Jacques Roubaud, *Poème du chat*, extrait de *Poésies*, © Éditions du Seuil, 2000.

Georges Simenon, *Le Chat*, © Georges Simenon Limited, une société du groupe Chorion, tous droits réservés, 1967.

Jacques Sternberg, *Contes glacés*, coll. «Espace Nord Zone J.», © Éditions Labor.

Boris Vian, *Chansons*, © Christian Bourgois éditeur, 1984, 1994.

William Butler Yeats, *Le Chat et la Lune*, tome II des pièces, traduit de l'irlandais par Jacqueline Genet, © L'Arche Éditeur, 2000.

RÉALISATION : PAO ÉDITIONS DU SEUIL
IMPRESSION : NORMANDIE ROTO S.A.S. À LONRAI
DÉPÔT LÉGAL : OCTOBRE 2004. N°66202 (04-2338)
IMPRIMÉ EN FRANCE

Collection Points

DERNIERS TITRES PARUS

P927. Meurtres en neige, *par Margaret Yorke*
P928. Heureux les imbéciles, *par Philippe Thirault*
P929. Beatus Ille, *par Antonio Muñoz Molina*
P930. Le Petit Traité des grandes vertus
par André Comte-Sponville
P931. Le Mariage berbère, *par Simonne Jacquemard*
P932. Dehors et pas d'histoires, *par Christophe Nicolas*
P933. L'Homme blanc, *par Tiffany Tavernier*
P934. Exhortation aux crocodiles, *par Antonio Lobo Antunes*
P935. Treize Récits et Treize Épitaphes
par William T. Vollmann
P936. La Traversée de la nuit
par Geneviève de Gaulle Anthonioz
P937. Le Métier à tisser, *par Mohammed Dib*
P938. L'Homme aux sandales de caoutchouc, *par Kateb Yacine*
P939. Le Petit Col des loups, *par Maryline Desbiolles*
P940. Allah n'est pas obligé, *par Ahmadou Kourouma*
Veuves au maquillage, *par Pierre Senges*
P942. La Dernière Neige, *par Hubert Mingarelli*
P943. Requiem pour une huître, *par Hubert Michel*
P944. Morgane, *par Michel Rio*
P945. Oncle Petros et la Conjecture de Goldbach
par Apostolos Doxiadis
P946. La Tempête, *par Juan Manuel de Prada*
P947. Scènes de la vie d'un jeune garçon, *par J.M. Coetzee*
P948. L'avenir vient de loin, *par Jean-Noël Jeanneney*
P949. 1280 Âmes, *par Jean-Bernard Pouy*
P950. Les Péchés des pères, *par Lawrence Block*
P951. Les Enfants de fortune, *par Jean-Marc Roberts*
P952. L'Incendie, *par Mohammed Dib*
P953. Aventures, *par Italo Calvino*
P954. Œuvres pré-posthumes, *par Robert Musil*
P955. Sérénissime assassinat, *par Gabrielle Wittkop*
P956. L'Ami de mon père, *par Frédéric Vitoux*
P957. Messaouda, *par Abdelhak Serhane*
P958. La Croix et la Bannière, par William Boyd
P959. Une voix dans la nuit, *par Armistead Maupin*
P960. La Face cachée de la lune, *par Martin Suter*
P961. Des villes dans la plaine, *par Cormac McCarthy*
P962. L'Espace prend la forme de mon regard
par Hubert Reeves

P963. L'Indispensable Petite Robe noire
par Lauren Henderson
P964. Vieilles Dames en péril, *par Margaret Yorke*
P965. Jeu de main, jeu de vilain, *par Michelle Spring*
P966. Carlota Fainberg, *par Antonio Muñoz Molina*
P967. Cette aveuglante absence de lumière
par Tahar Ben Jelloun
P968. Manuel de peinture et de calligraphie
par José Saramago
P969. Dans le nu de la vie, *par Jean Hatzfeld*
P970. Lettres luthériennes, *par Pier Paolo Pasolini*
P971. Les Morts de la St Jean, *par Henning Mankell*
P972. Ne zappez pas, c'est l'heure du crime, *par Nancy Star*
P973. Connaissance de la douleur, *par Carlo Emilio Gadda*
P974. Les Feux du Bengale, *par Amitav Ghosh*
P975. Le Professeur et la Sirène
par Giuseppe Tomasi di Lampedusa
P976. Éloge de la phobie, *par Brigitte Aubert*
P977. L'Univers, les dieux, les hommes
par Jean-Pierre Vernant
P978. Les Gardiens de la Vérité, *par Michael Collins*
P979. Jours de Kabylie, *par Mouloud Feraoun*
P980. La Pianiste, *par Elfriede Jelinek*
P981. L'homme qui savait tout, *par Catherine David*
P982. La Musique d'une vie, *par Andreï Makine*
P983. Un vieux cœur, *par Bertrand Visage*
P984. Le Caméléon, *par Andreï Kourkov*
P985. Le Bonheur en Provence, *par Peter Mayle*
P986. Journal d'un tueur sentimental et autres récits
par Luis Sepùlveda
P987. Étoile de mer, *par G. Zoë Garnett*
P988. Le Vent du plaisir, *par Hervé Hamon*
P989. L'Envol des anges, *par Michael Connelly*
P990. Noblesse oblige, *par Donna Leon*
P991. Les Étoiles du Sud, *par Julien Green*
P992. En avant comme avant !, *par Michel Folco*
P993. Pour qui vous prenez-vous ?, *par Geneviève Brisac*
P994. Les Aubes, *par Linda Lê*
P995. Le Cimetière des bateaux sans nom
par Arturo Pérez-Reverte
P996. Un pur espion, *par John Le Carré*
P997. La Plus Belle Histoire des animaux
P998. La Plus Belle Histoire de la Terre
P999. La Plus Belle Histoire des plantes
P1000. Le Monde de Sophie, *par Jostein Gaarder*
P1001. Suave comme l'éternité, *par George P. Pelecanos*

P1002. Cinq Mouches bleues, *par Carmen Posadas*
P1003. Le Monstre, *par Jonathan Kellerman*
P1004. À la trappe !, *par Andrew Klavan*
P1005. Urgence, *par Sarah Paretsky*
P1006. Galindez, *par Manuel Vázquez Montalbán*
P1007. Le Sanglot de l'homme blanc, *par Pascal Bruckner*
P1008. La Vie sexuelle de Catherine M., *par Catherine Millet*
P1009. La Fête des Anciens, *par Pierre Mertens*
P1010. Une odeur de mantèque, *par Mohammed Khaïr-Eddine*
P1011. N'oublie pas mes petits souliers, *par Joseph Connolly*
P1012. Les Bonbons chinois, *par Mian Mian*
P1013. Boulevard du Guinardo, *par Juan Marsé*
P1014. Des Lézards dans le ravin, *par Juan Marsé*
P1015. Besoin de vélo, *par Paul Fournel*
P1016. La Liste noire, *par Alexandra Marinina*
P1017. La Longue Nuit du sans-sommeil, *par Lawrence Block*
P1018. Perdre, *par Pierre Mertens*
P1019. Les Exclus, *par Elfriede Jelinek*
P1020. Putain, *par Nelly Arcan*
P1021. La Route de Midland, *par Arnaud Cathrine*
P1022. Le Fil de soie, *par Michèle Gazier*
P1023. Paysages originels, *par Olivier Rolin*
P1024. La Constance du jardinier, *par John Le Carré*
P1025. Ainsi vivent les morts, *par Will Self*
P1026. Doux Carnage, *par Toby Litt*
P1027. Le Principe d'humanité, *par Jean-Claude Guillebaud*
P1028. Bleu, histoire d'une couleur, *par Michel Pastoureau*
P1029. Speedway, *par Philippe Thirault*
P1030. Les Os de Jupiter, *par Faye Kellerman*
P1031. La Course au mouton sauvage, *par Haruki Murakami*
P1032. Les Sept Plumes de l'aigle, *par Henri Gougaud*
P1033. Arthur, *par Michel Rio*
P1034. Hémisphère nord, *par Patrick Roegiers*
P1035. Disgrâce, *par J.M. Coetzee*
P1036. L'Âge de fer, *par J.M. Coetzee*
P1037. Les Sombres feux du passé, *par Chang Rae Lee*
P1038. Les Voix de la liberté, *par Michel Winock*
P1039. Nucléaire Chaos (inédit), *par Stéphanie Benson*
P1040. Bienheureux ceux qui ont soif..., *par Anne Holt*
P1041. Le Marin à l'ancre, *par Bernard Giraudeau*
P1042. L'Oiseau des ténèbres, *par Michael Connelly*
P1043. Les Enfants des rues étroites, *par Abdelhak Sehrane*
P1044. L'Ile et Une nuit, *par Daniel Maximin*
P1045. Bouquiner, *par Annie François*
P1046. Nat Tate, *par William Boyd*
P1047. Le Grand Roman indien, *par Shashi Tharoor*

P1048. Les Lettres mauves, *par Lawrence Block*
P1049. L'Imprécateur, *par René-Victor Pilhes*
P1050. Le Stade de Wimbledon, *par Daniele Del Giudice*
P1051. La Deuxième Gauche
par Hervé Hamon et Patrick Rotman
P1052. La Tête en bas, *par Noëlle Châtelet*
P1053. Le Jour de la cavalerie, *par Hubert Mingarelli*
P1054. Le Violon noir, *par Maxence Fermine*
P1055. Vita Brévis, *par Jostein Gaarder*
P1056. Le Retour des caravelles, *par António Lobo Antunes*
P1057. L'Enquête, *par Juan José Saer*
P1058. Pierre Mendès France, *par Jean Lacouture*
P1059. Le Mètre du monde, *par Denis Guedj*
P1060. Mort d'une héroïne rouge, *par Qiu Xiaolong*
P1061. Angle mort, *par Sara Paretsky*
P1062. La Chambre d'écho, *par Régine Detambel*
P1063. Madame Seyerling, *par Didier Decoin*
P1064. L'Atlantique et les Amants, *par Patrick Grainville*
P1065. Le Voyageur, *par Alain Robbe-Grillet*
P1066. Le Chagrin des Belges, *par Hugo Claus*
P1067. La Ballade de l'impossible, *par Haruki Murakami*
P1068. Minoritaires, *par Gérard Miller*
P1069. La Reine scélérate, *par Chantal Thomas*
P1070. Trompe la mort, *par Lawrence Block*
P1071. V'là aut' chose, *par Nancy Star*
P1072. Jusqu'au dernier, *par Deon Meyer*
P1073. Le Rire de l'ange, *par Henri Gougaud*
P1074. L'Homme sans fusil, *par Ysabelle Lacamp*
P1075. Le Théoriste, *par Yves Pagès*
P1076. L'Artiste des dames, *par Eduardo Mendoza*
P1077. Les Turbans de Venise, *par Nedim Gürsel*
P1078. Zayni Barakat, *par Ghamal Ghitany*
P1079. Éloge de l'amitié, ombre de la trahison
par Tahar Ben Jelloun
P1080. La Nostalgie du possible. Sur Pessoa
par Antonio Tabucchi
P1081. La Muraille invisible, *par Henning Mankell*
P1082. Ad vitam aeternam, *par Thierry Jonquet*
P1083. Six Mois au fond d'un bureau, *par Laurent Laurent*
P1084. L'Ami du défunt, *par Andreï Kourkov*
P1085. Aventures dans la France gourmande, *par Peter Mayle*
P1086. Les Profanateurs, *par Michael Collins*
P1087. L'Homme de ma vie, *par Manuel Vázquez Montalbán*
P1088. Wonderland Avenue, *par Michael Connelly*
P1089. L'Affaire Paola, *par Donna Leon*
P1090. Nous n'irons plus au bal, *par Michelle Spring*

P1091. Les Comptoirs du Sud, *par Philippe Doumenc*
P1092. Foraine, *par Paul Fournel*
P1093. Mère agitée, *par Nathalie Azoulay*
P1094. Amanscale, *par Maryline Desbiolles*
P1095. La Quatrième Main, *par John Irving*
P1096. La Vie devant ses yeux, *par Laura Kashischke*
P1097. Foe, *par J.M. Coetzee*
P1098. Les Dix Commandements, *par Marc-Alain Ouaknin*
P1099. Errance, *par Raymond Depardon*
P1100. Dr la Mort, *par Jonathan Kellerman*
P1101. Tatouage à la fraise, *par Lauren Henderson*
P1102. La Frontière, *par Patrick Bard*
P1103. La Naissance d'une famille, *par T. Berry Brazelton*
P1104. Une mort secrète, *par Richard Ford*
P1105. Blanc comme neige, *par George P. Pelecanos*
P1106. Jours tranquilles à Belleville, *par Thierry Jonquet*
P1107. Amants, *par Catherine Guillebaud*
P1108. L'Or du roi, *par Arturo Perez-Reverte*
P1109. La Peau d'un lion, *par Michael Ondaatje*
P1110. Funérarium, *par Brigitte Aubert*
P1111. Requiem pour une ombre, *par Andrew Klavan*
P1113. Tigre en papier, *par Olivier Rolin*
P1114. Le Café Zimmermann, *par Catherine Lépront*
P1115. Le Soir du chien, *par Marie-Hélène Lafon*
P1116. Hamlet, pan, pan, pan, *par Christophe Nicolas*
P1117. La Caverne, *par José Saramago*
P1118. Un ami parfait, *par Martin Suter*
P1119. Chang et Eng le double-garçon, *par Darin Strauss*
P1120. Les Amantes, *par Elfriede Jelinek*
P1121. L'Étoffe du diable, *par Michel Pastoureau*
P1122. Meurtriers sans visage, *par Henning Mankell*
P1123. Taxis noirs, *par John McLaren*
P1124. La Revanche de Dieu, *par Gilles Kepel*
P1125. À ton image, *par Louise L. Lambrichs*
P1126. Les Corrections, *par Jonathan Franzen*
P1127. Les Abeilles et la Guêpe, *par François Maspero*
P1128. Les Adieux à la Reine, *par Chantal Thomas*
P1129. Dondog, *par Antoine Volodine*
P1130. La Maison Russie, *par John le Carré*
P1131. Livre de chroniques, *par António Lobo Antunes*
P1132. L'Europe en première ligne, *par Pascal Lamy*
P1133. Les Nouveaux Maîtres du monde, *par Jean Ziegler*
P1134. Tous des rats, *par Barbara Seranella*
P1135. Des morts à la criée, *par Ed Dee*
P1136. Allons voir plus loin, veux-tu ?, *par Anny Duperey*
P1137. Les Papas et les Mamans, *par Diastème*

P1138. Phantasia, *par Abdelwahab Meddeb*
P1139. Métaphysique du chien, *par Philippe Ségur*
P1140. Mosaïque, *par Claude Delarue*
P1141. Dormir accompagné, *par António Lobo Antunes*
P1142. Un monde ailleurs, *par Stewart O'Nan*
P1143. Rocks Springs, *par Richard Ford*
P1144. L'Ami de Vincent, *par Jean-Marc Roberts*
P1145. La Fascination de l'étang, *par Virginia Woolf*
P1146. Ne te retourne pas, *par Karin Fossum*
P1147. Dragons, *par Marie Desplechin*
P1148. La Médaille, *par Lydie Salvayre*
P1149. Les Beaux Bruns, *par Patrick Gourvennec*
P1150. Poids léger, *par Olivier Adam*
P1151. Les Trapézistes et le Rat, *par Alain Fleischer*
P1152. À livre ouvert, *par William Boyd*
P1153. Péchés innombrables, *par Richard Ford*
P1154. Une situation difficile, *par Richard Ford*
P1155. L'éléphant s'évapore, *par Haruki Murakami*
P1156. Un amour dangereux, *par Ben Okri*
P1157. Le Siècle des communismes, *ouvrage collectif*
P1158. Funky Guns, *par George P. Pelecanos*
P1159. Les Soldats de l'aube, *par Deon Meyer*
P1160. Le Figuier, *par François Maspero*
P1161. Les Passagers du Roissy-Express
par François Maspero
P1125. À ton image, *par Louise L. Lambrichs*
P1162. Visa pour Shangai, *par Qiu Xiaolong*
P1163. Des dalhias rouge et mauve, *par Frédéric Vitoux*
P1164. Il était une fois un vieux couple heureux
par Mohammed Khaïr Eddine
P1165. Toilette de chat, *par Jean-Marc Roberts*
P1166. Catalina, *par Florence Delay*
P1167. Nid d'hommes, *par Lu Wenfu*
P1168. La Longue Attente, *par Ha Jin*
P1169. Pour l'amour de Judith, *par Meir Shalev*
P1170. L'Appel du couchant, *par Gamal Ghitany*
P1171. Lettres de Drancy
P1172. Quand les parents se séparent, *par Françoise Dolto*
P1173. Amours sorcières, *par Tahar Ben Jelloun*
P1174. Sale Temps, *par Sara Paretsky*
P1175. L'Ange du Bronx, *par Ed Dee*
P1176. La Maison du désir, *par France Huser*
P1177. Cytomégalovirus, *par Hervé Guibert*
P1178. Les Treize Pas, *par Mo Yan*
P1179. Le Pays de l'alcool, *par Mo Yan*
P1180. Le Principe de Frédelle, *par Agnès Desarthe*

P1181. Les Gauchers, *par Yves Pagès*
P1182. Rimbaud en Abyssinie, *par Alain Borer*
P1183. Tout est illuminé, *par Jonathan Safran Foer*
P1184. L'Enfant zigzag, *par David Grossman*
P1185. La Pierre de Rosette
par Robert Solé / Dominique Valbelle
P1186. Le Maître de Petersbourg, *par J.M. Coetzee*
P1187. Les Chiens de Riga, *par Henning Mankell*
P1188. Le Tueur, *par Eraldo Baldini*
P1189. Un silence de fer, *par Marcello Fois*
P1190. La Filière du jasmin, *par Denise Hamilton*
P1191. Déportée en Sibérie, *par Margarete Buber-Neumann*
P1192. Les Mystères de Buenos Aires, *par Manuel Puig*
P1193. La Mort de la phalène, *par Virginia Woolf*
P1194. Sionoco, *par Leon de Winter*
P1195. Poèmes et Chansons, *par Georges Brassens*
P1196. Innocente, *par Dominique Souton*
P1197. Taking Lives / Destins violés, *par Michael Pye*
P1198. Gang, *par Toby Litt*
P1199. Elle est partie, *par Catherine Guillebaud*
P1200. Le Luthier de Crémone, *par Herbert Le Porrier*
P1201. Le Temps des déracinés, *par Elie Wiesel*
P1202. Les Portes du sang, *par Michel del Castillo*
P1203. Featherstone, *par Kirsty Gunn*
P1204. Un vrai crime pour livres d'enfants, *par Chloe Hooper*
P1205. Les Vagabonds de la faim, *par Tom Kromer*
P1206. Mister Candid, *par Jules Hardy*
P1207. Déchaînée, *par Lauren Henderson*
P1208. Hypnose mode d'emploi, *par Gérard Miller*
P1209. Corse, *par Jean-Noël Pancrazi et Raymond Depardon*
P1210. Le Dernier Viking, *par Patrick Grainville*
P1211. Charles et Camille, *par Frédéric Vitoux*
P1212. Siloé, *par Paul Gadenne*
P1213. Bob Marley, *par Stephen Davies*
P1214. Ça ne peut plus durer, *par Joseph Connolly*
P1215. Tombe la pluie, *par Andrew Klavan*
P1216. Quatre Soldats, *par Hubert Mingarelli*
P1217. Les Cheveux de Bérénice, *par Denis Guedj*
P1218. Les Garçons d'en face, *par Michèle Gazier*
P1219. Talion, *par Christian de Montella*
P1220. Les Images, *par Alain Rémond*
P1221. La Reine du Sud, *par Arturo Perez-Reverte*
P1222. Vieille Menteuse, *par Anne Fine*
P1223. Danse, danse, danse, *par Haruki Murakami*
P1224. Le Vagabond de Holmby Park, *par Herbert Lieberman*
P1225. Des amis haut placés, *par Donna Leon*

P1226. Tableaux d'une ex., *par Jean-Luc Benoziglio*
P1227. La Compagnie, le grand roman de la CIA
par Robert Little
P1228. Chair et Sang, *par Jonathan Kellerman*
P1231. Les Tortues de Zanzibar, *par Giles Foden*
P1232. Il a fait l'idiot à la chapelle !, *par Daniel Auteuil*
P1233. Lewis & Alice, *par Didier Decoin*
P1234. Dialogue avec mon jardinier, *par Henri Cueco*
P1235. L'Émeute, *par Shashi Tharoor*
P1236. Le Palais des Miroirs, *par Amitav Ghosh*
P1237. La Mémoire du corps, *par Shauna Singh Baldwin*
P1238. Middlesex, *par Jeffrey Eugenides*
P1239. Je suis mort hier, *par Alexandra Marinina*
P1240. Cendrillon mon amour, *par Lawrence Block*
P1241. L'Inconnue de Baltimore, *par Laura Lippman*
P1242. Berlinale Blitz, *par Stéphanie Benson*
P1243. Abattoir 5, *par Kurt Vonnegut*
P1244. Catalogue des idées reçues, *par Marina Yaguello*
P1245. Tout se paye, *par Georges P. Pelacanos*
P1246. Autoportrait à l'ouvre-boîte, *par Philippe Ségur*
P1247. Tout s'avale, *par Hubert Michel*
P1248. Quand on aime son bourreau, *par Jim Lewis*
P1249. Tempête de glace, *par Rick Moody*
P1250. Dernières Nouvelles du bourbier, *par Alexandre Ikonnikov*
P1251. Le Rameau brisé, *par Jonathan Kellerman*
P1252. Passage à l'ennemie, *par Lydie Salvayre*
P1254. Le Goût de l'avenir, *par Jean-Claude Guillebaud*
P1255. L'Étoile d'Alger, *par Aziz Chouaki*
P1256. Cartel en tête, *par John McLaren*
P1257. Sans penser à mal, *par Barbara Seranella*
P1258. Tsili, *par Aharon Appelfeld*
P1259. Le Temps des prodiges, *par Aharon Appelfeld*
P1260. Ruines-de-Rome, *par Pierre Sengès*
P1261. La Beauté des loutres, *par Hubert Mingarelli*
P1262. La Fin de tout, *par Jay McInerney*
P1263. Jeanne et les siens, *par Michel Winock*
P1264. Les Chats mots, *par Anny Duperey*
P1265. Quand j'avais cinq ans, je m'ai tué, *par Howard Buten*
P1266. Vers l'âge d'homme, *par J.M. Coetzee*
P1267. L'Invention de Paris, *par Eric Hazan*
P1268. Chroniques de l'oiseau à ressort, *par Haruki Murakami*
P1269. En crabe, *par Günter Grass*
P1270. Mon père, ce harki, *par Dalila Kerchouche*
P1271. Lumière morte, *par Michael Connelly*
P1272. Détonations rapprochées, *par C.J. Box*